U0931147

冯益民◎著

满目青山

开发区建设篇

本书记述了青山从二〇〇二年开始建设开发区，到二〇〇九年升格为科技城，至二〇一一年横畈镇与青山湖街道合并为界，这期间发生在青山的主要事件……

九州出版社
JIUZHOUPRESS

《满目青山——开发区建设篇》
编委会名单

主　任：陈熊滨

副主任：陶　乐

成　员：（排列不分先后）

程爱兴　李浙峰　盛星辉　董德民

黄　寅　陈校法　郑卫龙　顾晓芬

余　旭　陈一鸣　王长刚　何跃明

钱雪强　杨叶勇　朱伟荣　舒　辉

王伟红　朱锡钧　朱小林　俞利明

应金亮

前　言

位于青山湖畔的浙江省临安经济开发区2001年9月由浙江省政府批准建立，2002年1月宣布成立开发区管委会。从2002年3月开始到2009年11月底，科研机构创新基地的设立，是青山历史上发生翻天覆地的变化的开发区建设时期。2011年原横畈镇与青山湖街道合并，青山逐步从开发区时代走向科技城时代，开发区建设逐步向科技城建设转化。

青山湖街道办事处全体机关干部经历了一场前所未有的辛苦、忙碌、适应、进取、学习、进步"运动"。以往，普通机关干部，主要负责自己线上的工作。进入开发区建设时期，每一位机关干部都要身兼数职。特别是拆迁工作进入"攻坚""决战"时期，机关工作人员更是不分昼夜的"白日化"状态。青山的老百姓也经历了前所未有的思想观念、心态、生活方式和人生观的改变。

和其他机关干部有所不同的是，本人线上的工作不仅没有因开发区建设而减轻，反而在艰难中拓展发展空间，创建"东海明珠"工程、多次修缮文化宫、创办民

20世纪90年代初的青山集镇面貌

间艺术团、管乐团，实现民间艺术团两次出国访问演出等辉煌历史。开发区建设也是对文化工作者全方位的考验，文化人的天职和使命不能因时势的变迁而动摇，在急剧的矛盾变化中保持文化人的冷静和坚守是多么重要。因此，我一直没有忘记利用手中的武器，尽自己的一切可能，拍摄、收集、记录发生在这段历史时期里城市面貌和人们思想观念的变化。

这段时期里，本人每天早上上班后首先检查前一天拍摄、收集到的资料是否已经完整归档，出门前总是照相机、摄像机、笔记本随身携带，随时准备抢拍资料，回到办公室的第一件事就是及时向媒体发出新闻报道，为下一期《新青山》刊物理出思路等。

历史是用时间和事件堆积起来的，走过路过，必须回过头来看看，想想，功过得失在哪里。

冯益民

2018年11月

目 录

contents

概 述

乡镇企业发展初期的普遍特点是“技术靠退休，设备靠二手，销售靠朋友”。早期青山镇的乡镇企业大都依靠本地资源的开发和利用发展起来，经历了从以石灰、石煤、黄沙的产销为主，到后来以水泥、钢材、皮鞋、啤酒、运输等的转型及全面发展时期。经过二十多年的艰苦摸索和大胆创新后，乡镇企业开始脱胎换骨，慢慢走出弯路，步入相对正规的道路。

临安的乡镇工业也曾经历了“一哄而起，争相仿效”的历史时期，无论是藻溪的丝绸、玲珑的电缆、高虹的节能灯还是青山的皮鞋，其发展轨迹和命运相差不多。

△ 转型时期的农耕方式(摄于童村)

发展如十月怀胎，是漫长而艰苦的。那些利用本地资源走致富之路的企业，尽管没有迎来飞黄腾达的一天，但是还能勉强生存。藻溪的丝绸、青山的石灰烧制现在还在坚持，但是青山的皮鞋只辉煌了一时，最终彻底消失。

1987年8月8日，杭州市下城区工商局在武林门广场，将从各地查获的五千余双温州生产的劣质鞋付之一炬。“火烧温州鞋”事件给正步入兴旺时期的青山鞋业以沉重一击。许多鞋企直接受到影响，只能勉强坚持下去。不少企业改换门庭打出了上海牌、广东牌，转做贴牌销售。当时笔者曾拍到一张照片，也为此写过一篇文章，反映的是临安广场路和衣锦街交叉口有一个店员在推销皮鞋，说青山皮鞋如何便宜、正降价销售等。笔者工作在青山，对青山的皮鞋质量有所了解，对这种虚假的售卖现象感到怀疑和不平，随即进店仔细翻看，发现商家销售的只有极少数是青山的皮鞋。看似一场小小的促销行为，反映的却是青山的皮鞋质量尽管在本地区口碑很好，但是无疑已经进入了一个市场无人打假、社会管理无序、消费者麻木、企业主无意维权的混乱时期。

如何应对皮鞋业的不良连锁反应，走出“为他人作嫁衣裳”贴牌生产的怪圈，让青山皮鞋走出发展瓶颈？2000年3月青山镇计划拿出300～500亩土地，在研口村的地角畈地块搞皮鞋工业园区。当时的现场会产生过一些意见和分歧，有市领导认为

△ 皮鞋工业城定点现场会

△ 青山镇鞋业整顿规范工作会议

这里曾经遭受过“6·30洪水”淹没，不适合搞工业园区，但是最后工业园区却依然在这里开工兴建！

2001年6月12日，“青山皮鞋业整顿规范会议”在经委大楼四楼召开，副市长张亚联主持召开会议。会议充分肯定了青山镇皮鞋工业发展迅速，已形成块状经济发展趋势，乃至形成工业园区的可能；勉励青山皮鞋人要看得起自己，认识到存在的问题，要有“改过自新”的信心，做好依法经营，事关临安形象。当时存在的问题有：假冒商标，假冒包装，普遍违反《反不正当竞争法》行为。本来可以希望成为临安的支柱产业，却在“为他人作嫁衣裳”。企业主普遍存在法制意识不强，品牌意识缺乏，小富即安等现象。会议要求依法查处违法行为；要求各生产企业提出整改方案；以温州“礼拜鞋”一把火烧掉的沉痛教训为例，要求抓住机遇，自查自改。加强法制、法规宣传；工商要做到“打、扶”结合，提高企业竞争力。不可否认，这是一次在青山发展史上起“起承转合作用”的会议。

9月20日，临安市市长王坚、副市长方建生、经委主任杨卫伟一行参观青山“美奇特”皮鞋厂及工业园区规划建设。青山镇党委书记徐云贵汇报青山概况，市外经贸局黄国林介绍工业园区规划情况。临安经济开发区一期规划6.1平方公里，自大园路至青坚水泥厂以东，北至坎头村石壁山，东至余杭交界，南至研口山边，共330亩，已规划使用266亩，投资1.67亿元，引进12家企业。

2001年1月15日，马正东夫妇私营制衣企业升格为“黛兰制衣有限公司”并挂牌。该企业已经成为出口创汇型C类企业，年加工服装十万套件，产品主要销往加拿大、丹麦、日本。看似一件小事，企业规模也不大，但打的是自己的品牌，反映出青山部分个体私营企业已经走上健康正规的发展道路，时代已经到了非改革不可的岔路口。

△ 杭州临安黛兰制衣有限公司挂牌仪式

△ 坎头村江家滩至相坞农田及机耕路

△ 宫里村原农田

△ 石泉村委所在地

△ 石泉村高家、肖家原貌

△ 坎头村民开始搬家

△ 开发区建设前的石泉畈农田

△ 拆除前的蒋杨村蒋墅(高家地区块原貌)

背景 当时条件下，青山要搞开发区，犹如晴天霹雳，除了个别领导外，绝大多数干部群众思想上是毫无准备的。开发区建设进程也是被动接受的。讽刺、怀疑、等待、观望、走着瞧、事不关己等各种复杂想法都有。十五年过去了，传统农业被装备制造业取代，农村变成了初具规模的集镇，农民变成了上班族。位于青山南侧的山沟沟里似乎变化小些，农村面貌虽然有了一定的改观，农民的生活习惯有所改变，但是少量的农业生产方式依然保留。

青山社会事业发展相对较快，特别是“三产”发展迅速。外来务工人员子女的充入，大大挤占了原本稳固的教育资源，促使办学规模迅速扩大。原本异地安置的拆迁方式改成高层安置方式后，加上外来务工人员集聚，房产业迅速升温。早先开发的别墅型房产加上越秀房产项目的占领，青山房产业发展到一个新的层次。临安市2017年9月15日正式挂牌设区，很多杭州人，或外地来杭打工者都纷纷来青山买房，求得早日进入杭州市区。如今走在青山的大街上，你必须用普通话和你不熟悉的人交流，因为你面前的陌生人也许是外来人，也许说了半天才明白，原来对方却是青山人。

民间艺术团的两次出国访问，青山湖越剧团、青山管乐团的创建，青山图书馆的恢复免费开放，农民“种文化活动”，文化礼堂建设，农民文化节的推行，宣传文化员队伍建设，“好家风”传承等使青山的文化事业基本和开发区发展进程同步。

原本有着重大隐患的青山水库大坝经过多次加固，千年苕溪得到了改造，基本消除了洪涝隐患。境内三条东西纵向延伸，两条南北向贯通的公路加上两条通向临安的公交线路，及境内的公交网络加快了杭州、余杭和横畈工业平台的联系。科技大道由本来区内道路提升至轻轨线路，使直通杭州变得非常便捷，带动了房产业的升温。运河航道由于当初设计能力太小，逐步失去了它的运输功能直至消亡。沿河的绿化建设使这条古老的苕溪变成了人们休闲的景观带。银行、保险、电信、数字电视、供电等社会事业发展迅速。

电子科技大学、科研院所的引进，缓冲了飞速发展的装备制造业速度，相对洁净的创业环境犹如百米冲刺的运动员到达终点时的深呼吸，漫天灰尘的建设环境逐步降温。但是另一方面，一场几乎席卷全国的旧城改造运动再一次带来了青山发展机遇，到处都是建设工地，人们每天的见面语从过去的“吃了吗？”改成“拆了吗？”“赔了多少？”状态之中。可以想见，今后的青山将以城市化建设为主，逐步走上科技、高教、文化、装备制造、三产、科研创新等全面发展的历史时期。

链接：

2001年2月，青山镇第十三届一次人民代表大会召开后，镇里召开了宣传工作会议，镇党委副书记周晓在会上分析了青山的乡镇工业改制不彻底、技改无起色、创新无思路等现状。要求关注青钢的恢复上马、青石集团的发展现状、个私企业的发展和工业园区建设，把工业园区建设作为新增长点。通报了镇计划拿出300～500亩土地来搞工业园区的目的和进展情况。5月16—18日，镇委组织部分机关干部及书记、村长去吴江等地考察工业开发区建设。6月29日建党节活动，笔者经六个多月的调查、走访后制作“青山镇建国以来党的主要领导人及社会变革图片展”在全镇党员大会展出。图片展示了自新中国成立以来在青山担任过主要领导职务的十五位书记的肖像，附录他们在任内所参与的青山重大建设和社会变革事件。图片展将这些领导人在职期间发生的重大事件前后关联起来，使青山人一目了然地看到了青山的发展轨迹，极大地激发了与会干部建设青山的热情。11月15日，经过多方联系，1958年大公社时期在青山工作过的老同志回访青山，他们感慨万千，老干部夏玉英在谈及当年在青山工作时的艰辛，激动之情难以言表，竟热泪盈眶！

△ 1958年亭子大公社老干部回访留念

△ 天松集团石泉畈项目动土现场

9月27日，总投资1.2亿元的天松集团项目要在石泉畈"动土"兴建，而此时稻谷已经差不多"低头"定型了。按照企业要求动土，势必将即将收割的稻谷毁于一旦，尽管经济上已经理赔，但是老百姓心理上不忍毁坏到手的稻谷。一边是急于动工的企业主，一边是试图阻止施工的村民。项目遇到石泉村民的阻挠，镇全体机关干部前往劝阻，事态平息后，项目勉强得以动工。

2002年1月21日，临安市委组织部领导在春节团拜会上宣布：青山设立省级经济开发区，工作职责和街道办事处合并管理，街道党工委书记徐云贵调水利局任书记，黄国林兼任镇党委书记和开发区主任。同时任命研里、宫里、锦里、朱村书记人选，大致公布了开发区及集镇建设初步规划。

△ 改制前的青山镇党委、政府两套班子成员

8月10日，青山镇改制为"青山湖街道办事处"。8月29日，青山湖街道办事处成立，临安市委副书记郑荣胜及市人大、市政协领

导等授牌。9月19日，“浙江省临安经济开发区”获批准。

要在青山搞开发区建设，恰如春天里听到的惊雷，习惯了以往的行政管理模式的地方政府机构来说，将要面对多少复杂问题，是否有成功的可能性，或多或少还处于“听大书”阶段。即便十多年前其他地区早就在搞开发区，但对于青山来说，地理不同、环境不同、人文基础不同、经济发展实力不同，政策条件不同、没有现成的模式可以套用，没有现成的经验可以采用，谁都不知道如何开始。只能摸着石子过河，边做边学边改进。

从开发区建设初期到科创基地设立，直至科技城正式确立这段时期，青山经历了翻天覆地的变化。前期11.3平方公里范围（即大园路以东，石泉村以西）内所有的房屋被拆迁，土地被统一征用，老百姓被迁移，山包被移平，村庄被消失，外地企业被引进，一批批打工者被吸引并加入青山人的行列。眼睛直观看到的是老百姓房屋大规模的拆迁、厂房的兴起、河道的改观、道路的拓宽、绿化的规范、商业的繁荣，人们头脑中的变化是世界观、人生观、价值观的彻底扭转！

路要一步步走，馒头要一口一口吃。开发区建设不是造几家厂房，建几条道路，也不是“鸡飞狗跳”“狼来了”那样的可怕和混乱。它涉及方方面面，政治的、经济的、文化的、社会事业都必须同步变革和发展。本书试图分类、分块对这场变革的过程加以整理，以便于读者理解。

本书所记在地理上以原青山湖街道所属九个行政村（含民主村）69.9平方公里范围为主；时间上以2000年3月皮鞋工业园定点现场会为起点，至2011年横畈、青山

△ 2002年8月10日，青山湖街道办事处成立挂牌现场

两地合并，开发区管委会与街道办事处管理职能分开为止。主要内容是记录和反映原青山范围内从传统农业、乡镇工业转而进入以装备制造业为主的省级经济开发区建设，及科技城建设前期青山人艰苦奋斗的历程，同时兼述横畈工业平台建设前期发生的一些史实。

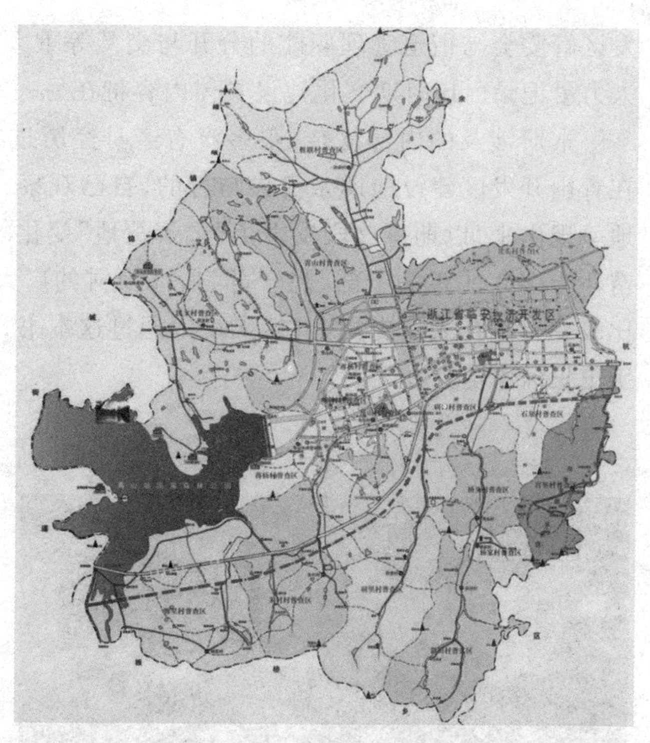

△ 原青山湖街道办事处辖区地图

这段时间内发生的重大事件主要涉及开发区建设的“征地、拆迁、安置”工作带来的各种社会矛盾的急剧变化；街道办事处机关干部除本身各条线上的工作必须完成市政府的考核要求外，在“征地、拆迁、安置”工作中如何废寝忘食、顽强拼搏、想方设法完成自己的“额外任务”；村级撤扩并（含民主村并入锦城街道）；杭徽高速公路建设，青山水库维修、苕溪改造；电网改造，农村数字电视扩容；饮用水改造、“三水”（雨水、生活污水、内河水）处理；专门为拆迁户规划设置的安置小区建设、高层住宅的推行；城市化建设管理（公安、交警、电子监控，城管、环卫、银行、消防）；电子娱乐业兴起，民间艺术团两次出国，管乐团、越剧团的诞生，中学拆扩建；旅游开发、房产兴起；外来人口集聚；横畈、青山两个镇街合并；新农村改造、文化礼堂创建等。其中，“规划、招商、建设”属于开发区管委会工作内容，街道机关干部极少涉及，本书仅限于笔者参加的、有图片为证的内容，其他相关情况不在此列。开发区建设逐步实现向科技城建设转化，科研院所的进驻和电子科技大学的引进，开

△ 2007年9月，笔者在工作中（姚敏摄）

发区管委会与街道管理职能的分开与交叉等重大事件，内容非常庞杂，无法凭借个人力量记录。该时期文化建设具体内容将在另一本书中详细叙述。

本册涉及的内容复杂，很多没有亲身经历过的事件，不敢贸然撰写，谨将自己在青山开发区建设前期亲身参与过的，自己观察、记录、拍摄到的东西，尽可能客观地呈现出来，以期待这段发生了“翻天覆地”变化的时代，以及开发区建设前期为之奋斗十多年的机关干部、村干部、所涉及村的广大村民在建设进程中的辛苦付出，比较完整地存入历史档案；后人可以通过这本书，了解青山曾经是以怎样的方式从历史长河中走到今天的。

◁ 2002年3月11日，在文化宫召开千人大会动员搞开发区建设

△ 2009年11月30日，科技城开工建设仪式

第一章　我的资料拍摄记录工作

虽说笔者不是以摄影为谋生手段，但是青山开发区建设属于当地重大历史事件，预感告诉我，这里将会发生翻天覆地的变化，要建设开发区，通过摄影留下历史资料会有多么重要。我用照相机拍摄记录青山的变化始于1989年2月，最早的青山全景照片拍摄于1992年的5月11日。到2006年止，为了拍摄发生在青山这块土地上变化的全景，我先后十三次爬上研口村口的扇子山顶（俗称蒲扇湾），三次爬上西面的公山顶，那时候虽然技术不是很过关，相机也是借来的低端产品，但是及时记录了青山最早的全景。如果不及时拍摄记录这里的原貌，将来将无法补救，因此，我决心把附近的制高点都必须拍个遍！

△ 开发区建设前期大园路东侧旧貌，左下水塘原为笔者生产队农田

2002年3月，开发区管委会组织镇机关部分干部、相关村书记、主任外出参观回来后，开发区建设正式开始动工前，我的拍摄工作随即铺开。要搞开发区，首先我必须拍下开发区建设前的青山全貌。于是又一次爬上扇子山顶那个我最早拍摄过的制高点去拍摄青山的全景。对照1992年5月11日拍摄的照片，八年来这里已经发生了很大的变化。站在山顶，面对目力所及的这片熟悉的大地，对面正中的大园里就是自己曾经辛勤劳作过的地方，那里有十多亩田是我自己生产队主要的农田之一。想象着这里即将发生的变化，带着几分惶恐、几许未知，我贪婪地拍摄起来，唯恐遗留了什么！

△ 1997年3月拍摄的开发区一期区块发达畈

这时，开发区管委会要求文化干部对第一期工程区块内的坎头、石泉、研口村范围（发达畈、浒溪埠、活龙岭、长竹垅）涉及的七百多户农户的住房进行拍摄采样。因为之前在新闻报道、图片拍摄上有过不少的奉献，拍摄青山的名声早已在外，任务自然落到本人身上。于是，根据经验，向领导提议一户人家至少应该一次性将主房、附房一起拍摄3~5张以上的多角度照片，这样可以比较全面地交代该农户的现状。领导认为时间来不及，只要每户先提供一张图片，用于研究综合评估政策，以便研究拆迁、安置方案便可。2002年3月14日，郑荣根、刘志明和我为一组，负责拍摄研口村的活龙岭、浒溪埠区块，共拍摄95户；卢国田、张劲虎为一组，负责拍摄石泉村(夹砂坞除外)。3月16日，由曾如富、陈万生陪同前往坎头村，从村委办公室开始拍摄，共拍摄49户。至姜(江)家滩7组，一共拍摄140户。到3月18日，研口村区块共拍摄193户，坎头村拍摄275户，石泉村拍摄156户，两组共拍摄624户。

张劲虎负责从石泉村逐户开始往西拍，本人负责从活龙岭开始向东北侧的浒溪埠拍摄，两人分工合作，计划在坎头村汇合。我要求张劲虎密切关注农户住房现状，一旦发现有现存茅草屋要尽快通知我。那时候，我们两人都用胶片拍摄，看不到拍摄结果，只有等冲洗出来后才知道效果。考虑到这是历史资料，具有不可逆性，不允许拍虚或者曝光不准确。我要求张劲虎每张照片必须用三脚架支撑拍摄，即使在强烈阳光下拍摄也一样，并且记录好农户姓名，以便照片出来后对照。两人爬高、落低、找梯子、爬围墙、寻视角，千方百计寻找最佳拍摄角度，遇到农户家里没人，还要联系时间拍，尽可能比较完整地交代该农户的住宅面貌。出于记录、参考、对比考虑，我们经常会提出为农户拍一些在自家房子前的合影，但是很多人不愿意配合。因为当时很多人还反应不过来，好端端的房子怎么可能全部被拆除，因此不敢站在镜头前拍照。一个星期内，我们两人完成了近700农户的住宅房屋现状照片拍摄。

△ 坎头村张志煜家的草屋(2002年3月23日摄)

当拍摄到坎头村坎头湾组时，张劲虎率先发现了张志煜户仍居住在茅草房内，中午回来告诉了我。这正好是我一直在寻找的题材，两人随即去坎头湾张志煜家采访拍摄。3月23日，我先用松下M9000型摄像机将张家的现状进行录像拍摄，采访了张志煜夫妻俩。走进张家的茅草屋后，第一眼看到门的右边安放着一张木床，上面罩着蓝灰色纱帐，床上杂乱无章，几乎没有经过任何整理，也看不到一丝显眼的被褥。床的周围一片狼藉，靠堂前的墙边堆放着一些钢筋，砖块。张志煜的妻子有语言障碍，看得出对于我们的到来她很紧张，她急于向我们传达些什么，但是我们两人听不懂她的咿呀声所表达的意思。隔壁几个老太太帮助摄制组翻译了她的话。原来他们打算造房子了，也买了隔壁几间知识青年住过的矮房子，听说开发区建设要拆迁，暂时还没打算动手造。村里的老人们还告诉我们：1996年“6·30”洪水期间，这幢草房墙基以上一米左右的地方被洪水淹没，导致张志煜的儿媳因为生活太过困难，悲观自尽，留下了一个三岁的儿子，张家的儿子目前在高虹打工。采访完后，本人提出要为他们夫妻在草房前拍张合影，他们说这辈子没有拍过合影照。张志煜无所谓，他妻子激动得手足无措，但很愿意配合拍摄。从学习摄影起，本人看到过很多跟踪拍摄报道的事迹，也因此产生了要跟踪拍摄张家的想法。第一张照片的拍摄显得非常关键，信息量一定要充分，日后可以跟进拍摄，希望张家今后会有很大的改善。在而后的九年中，我多次去张家采访、拍摄，非常感谢张家一直默默地配合我的拍摄，我也见证了张家的变化和发展，心里非常高兴。

同日下午，采访坎头村戴家滩组陆阿东家。本人负责采访，张劲虎负责记录。陆阿东老婆是个非常精明的人，她随口抛出一连串的问题，包括：(1)开发区建设进程，拆到自己家需要多少时间；(2)拆迁后住房安置地域、格式，是否可以自己建造，不喜欢集体住；(3)为今后自身发展担忧（养老问题、就业问题等）。让我们感到惊奇的是，开发区建设尚未

△ 位于坎头村相坞的陈雪财及他的家

△ 1997年10月拍摄的青山集镇全貌

正式铺开,老百姓早就为自己的出路考虑了那么多问题,这实际上也是当时绝大多数农户所担忧的问题。因为开发区建设来得突然,大部分农民心理上都没有准备,因此比较现实,关心的大都是眼前的利益问题。

作为在这里工作了几十年的文化干部,闭上眼睛一想,哪个制高点可以拍摄青山面貌应该都十分清楚。公山是境内西边的制高点,本人因拍摄照片曾爬上去过三次,第一次是抄近路攀爬上去的。凭着山里人的本领,不会因为山高而害怕,直接从化肥厂后一个村民用来砍柴滚柴的地方攀爬上山。没想到这个地方光溜溜的,除了几棵没有完全枯死的树干外,其他没任何东西可以抓,上山也就显得非常不容易。身上背的是供销社借来的相机,35~135的镜头,鲤鱼山梯田的面貌就是那次拍下来的。而今这片美好的梯田因一条一级公路和一条高速公路穿过,再也没有了以往那番如画的景象。其中有一次在公山顶上拍摄因为拍得太迟,差一点摸不着回家的路!南面是研口自然村出来的扇子山,从1992年5月11日起到2006年至,一共爬上去拍摄了十三次。前几次是自己摸索上山,后来几次是叫人劈开荆棘上山。由于山上的薪柴长得很快,加上种植杉木林长势更是惊人,往往到了山顶,却没法拍摄,于是请人砍掉一片薪柴和一些杉木才能保证拍摄全景。中心区块制高点是酒厂的糖化楼,据说有七十米高,在电工孙再根的帮助下,伴着吱呀作声的竹梯子爬上在风中摇晃着的大楼拍摄大园路建设前的面貌。石亭子水泥二厂的机立窑已经废弃了多年,水泥浇筑的楼顶已经风化得很松软,只剩下钢筋网还在风中坚持着,人踩上去就像踩在海绵上一样,非常危险。这里东面是活龙岭,老虎山;东北是相坞西侧的石矿采矿点,北面是青坚水泥厂机立窑楼顶,还有横塘自然村西侧的小山、上青山等地,无处不留下一个普通文化工作者几十年执着坚定的脚印。二十多年来付出了许多的辛苦,完全是凭着对青山的热爱,无论领导是否关心,无论经受打击或者挫折，我抱定宗旨坚持拍自己觉得应该拍摄的一切！下图是1996年“6·30”洪水期间，我撑着雨伞，穿着高筒靴，背着照相机和摄像机爬上研口村扇子山上拍摄被水淹的场景。

△ 笔者在“6·30”洪水期间拍摄

1997年8月的一天，正是骄阳如火的季节，应市农办王钦尧主任的委托，再次爬上扇子山顶拍摄全景，身上被蚊虫咬了三十八个肿块，回来脱下裤子，给分管农业的副镇长马军良看，他感到十分震撼！

开发区建设开始后，我的拍摄工作主要分四块进行：一是随着工程的进展跟踪拍摄，工程推进到哪里，拍摄就跟踪到那里。二是不断有省市领导前来青山参观、视察。经常是一个电话，叫到哪里拍摄，绝

△ 2004年6月27日，笔者在拍摄开发区一期现状

△ 2004年6月开发区第一区块现状

对不会迟到一分钟。自己买车后，开着自己的私家车，不辞辛苦地奔波在领导、来宾的前面，有时候甚至冒着危险抢在来宾车队的前面，为的是不遗漏拍摄要点，确保自己的拍摄任务能圆满完成。除了温家宝总理来视察的时候，笔者没有资格拍摄现场外，其他所有领导来，笔者都在一线拍摄。三是拆迁工作组下到哪里，拍摄也随着下到哪里的农户家。作者经常同时使用摄像机、照相机拍摄，并及时报道开发区建设进程的新闻。特别是拆迁工作组下村入户做工作时的照片最难拍摄，一个不小心会被拆迁户误解，会给拆迁工作带来困难。毕竟，面对照相机，老百姓会产生更多的担忧，这就需要拍摄者伺机抓拍。四是其他线上的社会事务工作也必须及时跟进，同时不忘记录下业务线上的工作照片。因为大都是用胶片拍摄，不能出现任何差错，重要新闻场面根本无法重新拍摄，多年来，本人练就了一双敏捷的职业的眼睛和娴熟的摄影技术。

如何根据要求拍好自己的"目标照片"、任务照片，对于一个摄影人来说，这一点非常重要。曾经有一位市领导对我说："我明知你不是专业记者，但是你的工作风格很让人佩服，派头像中央电视台记者，一点也不猥琐，你身上没有业余的味道。"在重大事件面前，摄影人必须确保照片的焦点清晰、人物形象完整，构图严谨，曝光准确，信息量充足等一系列摄影元素的完整。除此之外，还要对可能出现的场景有预见，尤其是胶片相机时代，对胶片的品牌特性、准确曝光的数据都要成竹在胸，摄影人自身的形象也很要紧。在重要领导前来视察的时候，摄影人必须做到不亢不卑，出手要稳、准、狠。有的摄影人因为自己底气不足，往往在这种场合下显得"佝头缩脑"，不敢大胆靠近拍摄，因此，拍下来的照片，领导也不会满意。

在省、市领导视察时，选择最佳拍摄位置，甚至抢占拍摄机位显得尤其重要。开发区建设伊始，大量的新闻报道、刊物需要图片，当时数码相机尚未普及，主要用胶片机拍摄图片。用胶片拍摄，拼的就是对技术的了如指掌，对业务的精益求精，对事业的奉献精神。

△ 2008年笔者(左)在拍摄中

△ 征地小组成员在休息

什么是一个文化工作者、摄影人应该关注的题材？概括起来有事关青山政治的、经济的、文化的、社会面貌的、百姓生活的无所不及。说句实话，我的照片涉及的范围非常广泛，我的拍摄行为很像一个拾荒者，看到什么自己认为有价值的，就拍下来。用我们摄影人的话说，不要想很多，先拍下来再说！几十年来，相机在我手里成了一种武器，出门带在身边，随时可以拍下自己认为应该拍摄的东西。现如今，科技发展迅猛，只要有钱，谁都可以买下高档相机，往脖子上一挂，没几天就有人会称呼你“大师”。但是，在历史老人面前，我始终扮演着一个小人物的角色，一个“拾荒者”，小心谨慎地拍摄、记录身边发生的一切，并按照新闻五要素的要求随时勤快地记录下来。唯一遗憾的是，记录的文字太少了！

开发区建设前期拍摄相对简单，因为那时只要勤快就可以，起早贪黑都没什么困难。当开发区建设工作进入拆迁征地阶段，摄影就要动脑筋了。随着工作的深入，所有的机关干部都有拆迁任务，拍摄者必须站到第一线，既要完成自己分内的拆迁任务，又要想办法拍摄下工作人员的工作场景。遇到困难、争吵，甚至危险的场景，摄影人还要敢于冲锋在前，大胆拍摄。

在漫长几十年的拍摄中，本人遇到过多次争议场面。拍摄1995年的一次争议事件时，我用的第一台松下M9000型摄像机是青钢集团、青石集团两家企业赞助，文化站自筹一部分资金买起来的。当时一群村民在政府机关为某一件事讨说法，领导要求笔者拿摄像机拍摄。开始我并不同意，知道群体性场面中使用摄像机是很忌讳的事，但是领导说一定要拍，结果机器几乎被撕裂。村民中有人逼着笔者取出摄像机里的磁带，并当场扯出，直到他们亲自用火点燃了磁带才肯罢休。坎头村戴家滩拆迁过程中发生的事件，直至后来发生的几次相关事件；还有计划生育工作中采取强制措施；“6·30”洪水；村撤、扩、并过程中发生的每一次事件场面，笔者都站在第一线。尽管这种题材的东西不可能拿出来做宣传用，但是，为了防止意外的发生，这些“武器”在一定程度上不可替代。笔者被老百姓踢伤过，新衣服被撕破，被跟踪，被恐吓，但是都没有放弃过记录青山的历史！

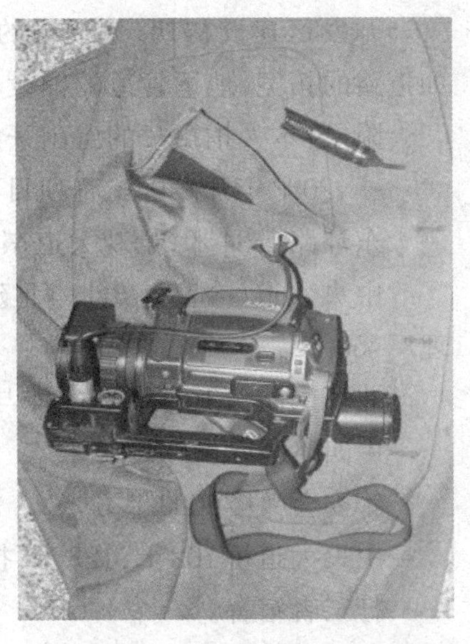

△ 笔者的摄像机被砸坏

从1994年集资买第一台摄像机到我退休，摄像机换了三代：从松下家用磁带型、2004年买的小型磁带机，到2013年购买的索尼高清专业摄像机。在全市范围内，新闻报道一般都是由原来的广电编制的人员在采写，唯独青山是由文化站一直在拍摄报道，这和本人对事业的执着和热爱是分不开的。

△ 污水处理厂一期

开发区建设初期，大规模的拆迁工作尚未开始前，主要还是大型工程建设，比如道路的拓宽、地下管道的铺设、污水处理池的建造等。

附录：本人拍摄过的青山开发区建设初期工程列表

一、2003年开发区工程项目

东环路1334米，景观大道东延至石泉，长973米，宽58米，绿化带10米。

中央大道（今高速出口）北延670米，至坎头鲍家滩。东一南路，石泉至污水处理厂450米。

北环南路，1313米，鲍家滩与坎头湾。

中四路（发达畈）634.5米。

管委会大楼6000平方米。

中央大道桥102米，126米，投资1000万。

打工者宿舍。

南环路三水管网（雨水、供水、污水）。

二、街道项目

改造青中街绿化带、人行道、路灯，商业街454米，宽21米。

天柱街、政府门口至青中街改造。

幸福家园基础设施到位。

原工业园区入口至中五路加污水管。

三、筹划城市监控系统，城市报警系统。

四、绿化800~1000平方米。

五、延续去年工程。

六、城市规划，环卫所十八小时保洁、垃圾中转站。

七、亮灯工程。

八、苕溪治理，污水处理厂提升泵站。

九、基础设施建设：道路

△ 东环路工程施工现场

△ 景观大道（今科技大道）发达畈段

(最先开工建设为中央路,即青石18.5万吨水泥厂北侧至大园路口段)、排水(浒溪埠及斜阳溪)出水、研口溪(经长竹垅)出、研里溪经华兴羽绒、过大园里、从航运码头出水(称明渠),污水处理厂(最早动建的项目之一,位于发达畈村西侧)、停车场(后期2013年)。

△ 开发区道路及污水处理工程开工仪式

△ 污水处理厂第一期纳污管铺设工程

△ 建成后的污水处理厂全景,右侧为码头区域

第二章　开发区建设的提出

△ 黄国林在展示他的设想

△ 部分街道机关干部、书记、村长外出考察

2002年1月31日，“青山镇春节团拜会”在镇经委四楼召开。会议公布：原镇党委书记徐云贵调市水利局任职，黄国林（临安市外经贸局局长）接任青山镇党委书记。青山镇16个村的村主任、书记、驻青山各事业单位负责人，全体机关干部参加会议。这是一次常规性新年团拜会，也是普通的人事调动交接班会议。但是具体人事调动宣布后，出现了不寻常的一幕。轮到新任书记黄国林讲话了，他拿出一张事先准备好的七英寸规划图照片，直奔主题，大谈要搞开发区建设的设想。黄国林的发言持续了一个半小时，参会干部大都听得云里雾里，带着新鲜、不解甚至几分怀疑的态度聆听着这位新书记的讲话。

2002年3月5—8号，开年上班伊始，刚刚筹备成立的临安经济开发区管委会立即组织十六个村（宫里、石泉、坎头、斜阳、杨家、桥头、研口、研里、朱村、锦里、蒋杨、岳山、新村、青山、胜利、民主)的村书记、村长和部分机关干部赴武康、长兴、吴江、苏州、昆山、平湖、下沙七个地区考察开发区建设，听取各地开发区管委会负责人介绍他们的成功经验、提请需要注意的事情、建设中遇到的困难和开发区建设的政策对策等，介绍内容涉及房屋拆迁、土地征用、农民安置、企业引进和就业指导等方方面面。

▷ 考察团在平湖开发区听取拆迁户的介绍

△ 拆除前的青坚水泥厂

第三章　拆迁安置工作

一、动员拆迁

△ 街道党工委副书记黄朝荣（中右）工作组在戴家滩做拆迁工作

开发区建设首先需要政治体制上的保证。按照市委、市政府要求开发区和街道两块牌子合并成一套班子，党委书记总负责。两家内部进行了分工，原街道办事处人马负责“征地、拆迁、安置”工作；新设立的开发区管委会负责“规划、招商、建设”工作，这个模式一直沿用至今。按照机关干部的说法，这等于是把天下最难的工作分给了街道办事处机关干部，这三项工作是矛盾的集中点，牵一发而动全身。“规划、招商、建设”这六个字的工作不是街道办事处的工作内容，街道办事处的干部一般不参与其中，也不了解工作方式、性质、运作模式，因而本册没有涉及。

史无前例的拆迁工作，对于机关干部和普通老百姓来说，都是一件摸着石头过河的事，谁也没有经历过。根据开发区管委会、街道党工委的要求，按照阶段性拆迁区域内的建设任务，所有机关干部被分配成8～10个小组。包括政策宣传组、后勤服务组在内，每组安排若干对象户，先开展入户调查，听取反馈意见。白天下村

△ 临安市委工作组成员在坎头村做拆迁工作

入户，晚上9点以后回来，由各小组组长向领导汇报进展情况，领导听取各组反馈信息后再研究对策。拖延了数月这一工作才正式开始，但进展缓慢。第一步工作重点是要求老百姓首先能够接受在青山建设开发区这一形势，即必须首先拆出空间来才能搞建设这个概念，然后以最终拆除老百姓的房子为目的。至于能建成什么样的开发区，无论是开发区管委会还是机关干部谁也说不清。所有机关干部自己原来所管辖的线上工作，仍由自己设法完成，但必须确保拆迁工作首先完成。换句话说，拆迁工作成了主业，线上分管的工作成了副业。

好端端的房子，祖祖辈辈居住在这里，靠辛勤劳作积累了一点家产。周围绿树成荫，瓜果满棚，附房使用习惯，行动出入方便，围墙圈住的是老百姓千百年来梦寐以求的安耽。因为要建开发区，就要统统被拆除，拱手交给开发区，老百姓思想上一下子无论如何难以接受！有的房屋尽管旧，却还能阻风挡雨；对于那些在现行条件下尚处于相对“贫困阶段”的农户来说，尽管条件差，但至少完全可以在“寒舍”养老送终。率先富起来的人则已经进入“小富即安”的生活模式。20世纪七八十年代建造的大部分房子，是靠人挑肩扛的方式建造起来的。无论砂石墙体，还是砖混墙

△ 石泉村西侧

△ 坎头村老书记董全富手里建造的学校开始拆除

体，每一块石头、每一张瓦片都寄托着主人毕生奋斗、辛勤劳作的结晶。平时生活虽然简朴，却相对安稳；有的倾其所有，刚造好房子，还来不及装潢，更不用说乔迁，就要被拆除；条件相对好点的，建造时曾花大力气加倍加固基础，甚至考虑到八级抗震力；有的装潢价格超过了房屋建造价格的几倍；有的几代人合住，房子陈旧，但是温馨；有的子女在外，只有节假日才回家，老两口守着空空的房产，兄弟姐妹间相安无事。有的由于历史原因居住条件仍然很差；有的老房子还在，新房子早就造好或者买在城市里，等等。还有许许多多的各种用途的附房、附属建筑设施等，这些可以通过眼睛直接看到的矛盾已经足以使机关干部感到问题的复杂性，眼睛看不到的矛盾却深深地隐藏在每家每户之中。犹如关在“潘多拉的匣子中”的虫虫，靠着传统观念、伦理道德、历史纠葛、邻里亲戚的复杂性、经济条件限制等盖子掩盖着，一旦这个盖子被打开，所有的欲望必将蜂拥而出，漫天飞舞！

二、拆迁原则，政策的消化与平衡

政府虽然是开发区的建设者，也是拆迁人，但是政府机关没有直接拆迁资格。真正进入拆迁评估时，应该是有资质的拆迁公司。机关干部的拆迁工作简单说就是做群众的思想工作，是件“磨嘴皮”的事。通过不断的政策学习，农村工作经验丰富、平时工作认真的机关干部下村前能够做到心中有数，工作起来主动性就强；特别是每个小组的组长，身上的担子比一般干部要重。起初阶段，那些对拆迁政策研究不够、对群众心理了解不够、群众基础相对差的机关干部，自己心中无数，说起话来舌头打结，老百姓提出的问题也回答不上，只有等待向上递交矛盾然后再反馈，工作相对被动。个别机关干部下去做拆迁工作时心存胆怯，属于“跟班族”。必须明确的是，被拆迁的一方是利益的最终受益者，对于他们来说，认为终身只有这么一次，因此他们会设置各种条件，摆出各种障碍，目的只有一个，寻求利益最大化，寻求最高额度的补偿。另一方则是代表着政府形象，既要按时完成拆迁任务，取得拆迁户的配合，尽可能满足拆迁户的要求，同时又不能超出政策允许范围，违规提高拆迁户补偿金额，等于拆自己的台。换句话说，这个“度”很难把握。

△ 评估公司在发达畈组工作

对于机关干部来说，因为自身不是拆迁人，拆迁工作最大的精力不是花费在如何解决赔偿金的问题上，而是花在打开拆迁户心结，解决拆迁户种种复杂矛盾的关系上。拆迁户会把平时拖而不决、自己解决不了的历史遗留问题统统推给工作组。这些矛盾中有村与组之间的、村与户之间的、组与户之间的、组与组之间的；有邻居之间的、有兄弟姐妹之间的、有父子之间的；有出生与死亡关系的，有继承关系的；有婚嫁关系的，有户口迁入、迁出问题的；有个人恩怨的、有夫妻之间的，十分复杂。拆迁户往往以这些矛盾为借口，要求工作组先帮助解决这些问题后再来谈拆迁赔偿。也有不少属于对拆迁政策心中无数、对拆迁后的生活束手无策的拆迁户，他们开始并不关心政策对自己的影响，往往是处于一种等待、观望的态度，对于自己是否最终签订合同毫无心理准备。这些人喜欢等待别人谈妥签字后，再考虑签约，这就拖延了时间。整个拆迁工作好比是“豪猪钻进了刺蓬窟”，进退两难！为了帮助解决这些矛盾，机关干部不仅苦口婆心，走东家、窜西家帮助跑腿，还煞费苦心地请来相关“和事佬”“老娘舅”“老领导”“老关系”协调双方矛盾。几乎所有事关该拆迁户的信息构成——亲戚关系、朋友关系、老领导、老战友、老上下级关系都被调动出来，目标一致，就是帮助解决该户的历史遗留问题，打开该拆迁户的思想疙瘩。“一把钥匙开一把锁”“星期六保证不休息，星期日休息不保证”“五加二，白加黑”“一切为了开发区，为了开发区的一切”成了开发区建设拆迁时期工作术语。

△ 坎头村戴家滩村民肖校兴在搬家

开发区建设前期，临安市财政每年下拨4000万资金，用于保障开展工作和基础设施建设。其中拆迁政策的出台也经历了一个相对漫长的过程，初步政策来自外出参观。从外地搬来的经验，当然要经过本地的消化才能适用，否则就会出现“水土不服”。同时，浙江省临安经济开发区代表的是政府形象，拆迁政策和赔偿条款必须兼顾整个临安市，既要面对青山的老百姓，也要考虑到临安其他地区的政策平衡。因此，这个过程经过了多次反复。比如，同样是水田，开始时苕溪南面的征用价格为三万元一亩，北面的价格就只有两万八千元，老百姓自然不肯接受，但还是这样执行，矛盾一时难以解决。

△ 街道党工委委员钱春雷(左三)工作组在坎头湾工作

△ 机关干部在大园自然村做拆迁工作

三、拆迁涉及问题

不同于房地产开发公司的征用，开发区规划建设范围内的房屋拆迁，一半属于政府行为，一半属于市场行为。不完全等同于市场行为，是因为开发区建设是政府工程，是一个地区工业发展和转型升级的需要，也是政治需要。而房地产开发则属于市场行为，两者性质不同，但是面对的主体却是相同的。对于那些世代居住在这里生活但还不是很富裕的老百姓来说，土地是国家所有，老百姓只有使用权，没有所有权。尽管它是农民生存的命根子，但是随着时代的发展，很多农民早就不再依靠种田过日子，一定程度的农田抛荒现象比比皆是。土地征用不比房屋拆迁，相对来说不是很直接，征用工作相对好做点。土地征用工作的难度在于分配，组长的权力过大导致了一些分配矛盾的激化。农田、山林、岸地及村级投入物被征用后，土地款如何分配（婚、嫁、生、死、迁）成了较难解决的社会问题。还有村级集体所属山地种植物、公建设施、道路、仓库、学校等征用款的分配问题。

△ 坎头村要拆了，村民们聚集在村委门口等待观望

△ 街道领导班子成员在拆迁动员工作中

2004年9月9日，时任浙江省委书记习近平曾专题来临安天目高级中学，专题接访临安范围内因土地征用款分配问题出现的上访案件。青山文化站的图书管理员叶志敏也曾上访。叶志敏是研口村浒溪埠组叶肇祥的女儿，嫁给青山供销社职工蔡永平后，户口仍留在浒溪埠组。按照土政策，她属于嫁出去的，分拆迁征用款时她没有分到，因此不服就此上访。

房屋折价评估是一项非常复杂的系统工程，需要有评估资质的专业人员来担纲。大面积拆迁工作开始后不久，笔者曾去位于临安老车站西侧的某评估公司调查过该公司的资质，查看评估师是否有相关证件等。难就难在“评估”两个字上。“评”就是根据房子的结构、折旧率、成新率、赔付标准（文件依据），是否一户多宅、一户多证；子女所属房产纠纷；装修估价等对该房屋进行评判。“估”就是估价，对一个自然村内相关农户的房屋进行评估，肯定会出现高低误判，稍有不慎，老百姓就会闹意见。不少老百姓习惯拿某某户的房屋评估价和自己的房屋及附属物来比，这是一种传统的“呆子看堆

△ 胜联村横塘组郎福增夫妻在祭祖，保佑搬迁安康

作”的方法。要拆除老百姓的住房，还牵涉到附房、隐蔽工程（地基、填方、石坎、地下工程、管道、水井），附属工程（围墙、鱼池、假山、亭子、化粪池）、钢棚；是否属于“三突击”（在拆迁前突击加层、装修、抢种）部分；空调、有线电视、杆线迁移；果树、竹园、青苗兑现，自留地等，非常庞杂！还涉及安置人口确定、父母赡养问题、离异、重婚、假离婚、复婚，死亡，房产纠纷、安置方式、评估价高低、60岁以上独居老人拆迁后不安排地基问题，政策的公平性，等等。

房屋拆除以后，老百姓住哪里？开发区规划的安置点农民是否接受，临时安置补贴政策如何制定，参考依据哪里来，等等，问题积累久了，是否有那么多的过渡房源可供选择？先签订拆迁合同、先腾空房屋的享受自己建房地块的选择权，或高层公寓式安置交房时选房的优先权，但是前后若干年签订的合同堆积起来的时间差，造成的选房矛盾怎么解决？交房时限到了，但是安置地块无法建房，或者高层安置房源未能按时交付，或者没有完全交付的，等等，大量的工作精力耗费在这些多如牛毛一样细致复杂的农村工作上。广大机关干部心力交瘁，压力山大！一段时间打攻坚战可以，几年、十几年这样的做工作，尤其是那些年轻且家住在临安市区的女干部，她们在做完一天的拆迁工作后赶回家里，还没来得及做梦就要按照作息时间醒来赶赴第二天的班次了，很多时候连洗衣服的时间都没有，更不用说照顾小孩。每个机关干部的家庭都付出了同样的辛苦代价！

安置地块的选择，通常是指按照开发区规划来建造新的小区房屋。成片的安置房地点选择经历了艰难的规划和抉择。习惯了自由居住的农户能否形成统一意见，这个接受过程也花费了很长的时间。规划小区建设的配套工程（路、水、强电、弱电，信息化工程，绿化、污水处理）与农户自建房的进度不协调，一定时间内产生了矛盾和分歧。还有老年公寓建设如何配套等。

有不少被拆迁户家里开有小店、小作坊、小企业等。征用工作牵涉到这些经营户在所从事的生意被终止后的出路和损失补偿。还有一些本来就是特困户，没有被征用前，勉强可以生活。一旦被征用，这些特困户住房条件大都很差，被征用物也相对稀少，征用款非常有限，加上劳动力缺乏，首先面临的便是房屋的重建问题。坎头村的张家比较典型，本来居住三间草屋，子女想翻建，但征用款很少，要按规定在安置小区统一建造标准别墅型住房，势必只有拿土地征用款来用。按照老百姓的说法，这是“前吃后空”的做法，是在“吃子孙米饭”。特别是开发区建设前期，因为赔付标准低，征用款少，有这种情况的农户不少。还有一些原来拥有国有土地使用证的农户，要求房屋被征用后，土地对等置换，甚至提出要求安排在闹市区安置。有的原本房屋及附属房屋比较多，开发区建设带来大量民工后，他们改造了空闲的房间，出租给外来打工者，也因此收入不菲。这些拆迁户的利益受到直接的打击，

△ 坎头村宅基地抽签仪式现场

△ 第一批“大园新城”高层安置公寓

他们如何肯按照政策来拆迁？

高层公寓式安置是开发区建设后期的一种安置方式，拆迁方为了节约、集约土地资源，腾出更多的地来安排企业的迁入或者规划他用。参照城市化建设要求，设计建造高层式公寓安置房，同时限制了安置小区的土地建设规划。老百姓喜欢自己建造上有天、下有地的安置方式，但是开发区规划却不允许，要求农民全部进入高层公寓安置。尽管高层公寓在城市里早已是司空见惯的，但是真正轮到老百姓头上，事情远没那么简单。住高层公寓的适应性，空间限制问题，高空坠物、小区安全问题、门卫管理问题；生活习惯问题、学生就读、小孩管理、用电用水、电梯（太小）问题、装修材料及垃圾搬运问题、旧物的安放问题、长效管理问题，一大堆问题，等等，只有让那些选择了进驻高层公寓的农户慢慢去适应。

老百姓一旦选择了进公寓式安置方式，就意味着几千年的生活方式将彻底改变。比如，进门就要脱鞋，东西不能往窗外乱扔，飘窗对小孩子的安全管理等等。至于安居点车库配置、地面车辆停放、物业费收缴、监控配备、卫生维护、水电费统征、消防应急通道、安全保卫等配套设施，老百姓都有所了解，但是对未来的发展没有把握。还有那些从旧房子里搬过来的杂物，弃之不忍，又没有地方可以摆放，送也没人要，对于拆迁户来说，可以说是问题成堆。

四、坟墓迁移

不仅活着的人要迁移，埋在地下的祖宗也要迁移。根据临安市殡葬改革办要求，原本一村一公墓的计划到了青山开发区就要求改变成“一镇一公墓”，这就意味着原本远在3—5公里外的新、旧坟墓都将安排到一个地方！临安经济开发区、青山湖街道决定在胡家坟建设公墓，2002年3月动工兴建，初步规划面积200亩，设停车场1500平方米，全街道16个村新产生的坟墓和工地施工中发掘的古旧坟墓将全部迁移到胡家坟“天堂花园”。公墓还没成型，镇机关干部谢玲娣成为第一个进驻公墓安葬的人。现在的“胡家坟”真的成了万“坟”村，三万多新旧坟墓被按要求统一迁到这里摆放。每逢清明或冬至时节，这里的人流、车流非常拥挤，公墓的发展成了新的课题。

文物保护。开发区成了一个大工地后，到处都是施工的场景。山坡地带裸出面上的有主坟墓，按照规划和户主取得联系后及时迁移到胡家坟。那些深埋地下、重重叠叠的无主古墓便涉及文物保护工作。最早挖掘的是老虎山工地，街道办事处原农办干部曲仁根负责坟墓迁移工作。受文化站的委托，一旦发现无主坟墓，曲仁

△ 考古发掘现场

根就会及时联系市文物馆，文物馆随即派人前来现场指导发掘。2002年经曲仁根报告并及时发掘的文物达101件，工地现场发现两汉三国时期的文物，有的填补了临安市馆藏文物的空白。浙江省电视台曾报道此事，曲仁根也被临安市文物馆破格评为文物保护先进工作者。

大面积的施工现场，发现并及时抢救出不少珍贵文物，但文物勘察和保护工作明显落后工程的进展。按照《中华人民共和国文物保护法》，大型工地的施工原则上应该首先取得文物保护部门的许可并进行勘察后再进入施工，对于赶进度的企业工地来说，这根本不可能做到。为此，文化站曾联系有关市领导、文化局及文物主管部门、开发区管委会三家协商，设法既保证施工进度，又尽可能减少文物破损。一支支挖掘队随着工程的进展在坎头湾的相坞工地、六份头等工地跟进。市委宣传部、市相关领导还到现场视察文物挖掘和保护工作。

但是发展到后来由于监管跟不上，不少工程车辆野蛮施工，导致文物破坏严重。经常是文化站赶到施工现场，坟墓或者遗迹早就被破坏。

2014年6月4日在胜联村阮家组发现的两具官墓，其中一女尸完好。

△ 开发区建设前期青山境内发现的部分文物

△ 开发区表彰"杰出贡献奖",曲仁根(右二)在领奖

由于开发区建设快速推进,加上整个青山九个村的墓葬全部集中到胡家坟,每年又有大量的古旧坟墓被迁移到胡家坟,原计划集中安置坟墓的场地根本不够用,于是征用山地改造大型公墓也成了青山的一大特色。开发区建设以来共迁移坟墓二万余穴。在迁坟工作中,负责迁移工作的人有很多事情要处理。首先要调查摸清每座坟的历史情况,家庭成员、亲戚朋友关系等等。在迁移过程中,要根据主人意愿,按照传统观念,"看日子"定点定时迁移。曾发生同一日多坟墓迁移,而工作人员来不及应对,导致某一户的迟到,对方强迫工作人员用私家车运载尸骨事件。意思是要这位工作人员做他们家的孝子,帮他们把先人送到"天堂花园"。在迁坟工作中,工作人员要走千家访万家,上山岗下草地,"领着猪头找庙""打草寻蛇"。2003年6月30日,"庆七一暨新青山建设表彰会"在文化宫举行,开发区管委会评选"特殊贡献奖":李晓红、陈志良、谢法权、丁先明、金妙火、周小华、施继海、蔡黎胜、部世元、陈根新、徐小荣、俞华忠、黄阿华、曲仁根等十四人获奖。

五、拆出感情,拆出经验

戳到拆迁的痛处,不能回避"强制拆除"这些为数不多的案例。作为被强制执行的一方,损失在十万几十万还是小事。因为一旦执行强制拆除,所有的奖励部分、超面积折价赔偿，还有其他鼓励措施、补贴经费等一概取消。按传统的说法，“家”还会因此被“拆倒灶”，强制拆除会伤了该户的元气。执行强制措施的一方则要面临社会舆论、法律法规、政治制度、政策因素等多方指责和监督，一不小心会导致严重后果，万一出现极端事件，甚至会因此犯下大错误，乃至撤职查办。位于被强制拆除的点，都是在工程必须及时推进却因为个人不同意签约而严重受阻的地段。那些被强制拆除的极少数农户，说他们没有政治头脑，肯定不符合事实，因为网上的不同声音、各种拆迁、典型案例、形势，直至中央领导讲话稿等他们都很关注，甚至打印、复印在手。工作组来了，他们就会拿出来对照。造成这些农户不谙眼前的拆迁形势、对抗拆迁的一个很重要因素是有人在背后唆使一些不明真相的拆迁户和政府“作对”，而他们自己暗中打好自己的小算盘。非常遗憾的是，这些不明真相的农户走到最后被执行强拆，还蒙在鼓里。即使拆迁工作从开始到今天已经进行了十五年了，还有极少数人依旧不关心眼前的大势，活在自己的“小算盘”里。说他们没有经济头脑，不会算经济账，也不是没有道理。他们一味地按照自己的思路行事，不去考虑早拆早建与早致富的关系，梦想拆迁方打破政策界限，满足自己，这是导致矛盾爆发的主要原因。十多年的拆迁工作下来，绝大多数拆迁户都是通过拆迁走上致富道路的。执行强制拆除，无

△ 青山村油车头某农户房屋被司法强拆

论是拆迁方还是被拆迁方都是不愿意看到的。说白了，执行了强制拆除，最终吃亏的肯定是这些农户。拆迁方不可能违背政策开后门，向被拆迁户妥协。

△ 石泉村的最后拆除

一个区块的拆迁工作，经过一个小组机关干部长达几个月的上门做思想工作，从一开始的互不相让到后来的相互理解，很多拆迁户和机关干部还拆出了感情。碰到拆迁户有人生病，机关干部会买了东西上门慰问，后来发展到拆迁户搬入新家，会邀请机关干部去喝乔迁喜酒等现象。特别是那些原本家庭矛盾复杂且拖而不决的，通过拆迁，机关干部帮助他们解决了矛盾，拆迁户对机关干部心怀感激。在整个拆迁过程中，机关干部真正做到了打不还手、骂不还口、以理服人、仁至义尽！

△ 街道班子成员汤力强（右）负责的青山村拆迁工作组

绝大多数拆迁户通过拆迁一下子走上了相对富裕的生活方式，他们对开发区建设还是心怀感激的。通过拆迁，很多

△ 街道领导朱小林工作组在胜联村做拆迁工作朱小林（右二）

△ 机关干部深夜汇报拆迁工作

农户买起了原本想都不敢想的高档次轿车，住进了和城里人一样的套房。不少拆迁户将拆迁款用于投资，增强了致富的“造血功能”，从过去一辈子的“泥腿子”变成了如今的企业工人，他们从内心讲还是感激拆迁的。

拆迁是一项长期、庞杂、重复性的工作。从一开始的一个组到一个村、一个规划片区的拆迁再到后来的大面积规划拆迁，从数量上看，是一项重复性的工作，一开始拆十几户到几十户，到后来的几百户一起拆迁的变化；从性质上看，是以政府为主导的建设性拆迁，广大机关干部代表的是政府形象和社会影响。政府担负着拆迁人的角

△ 青山农户的自备卡车

色，无论碰到什么困难，政府一方始终是“调停人”的角色不能改变；从经验性看，是一项逐步完善的政策消化过程和村民配合理解过程。从开始制定的拆迁政策到老百姓能够满意接受，需要一个相当复杂的过程，这个过程中人性的本来面目暴露无遗。本册没有花太多的精力去重复写这些拆迁的复杂关系和矛盾解决过程，只是概括了拆迁过程中出现的矛盾现象，让后人有个大致了解。这些叙述仅局限于个人观点。

△ 共青团志愿者帮助村民搬家

六、工作写照

开发区建设初期，广大机关干部经受了从未有过的严峻考验，时间的（不分白天、黑夜，没有规定休假日）、精力的（拆迁和线上分管工作双兼顾）考验，处理复杂问题、协调社会关系能力等方面的一系列综合能力的锻炼。

2003年7月正是坎头村戴家滩组拆迁工作进入困难时期。戴家滩组位于农田、苕溪及水塘的中间，一到夏天蚊子特别多。因为事先没有很好地和拆迁户沟通，定好了上门时间，机关干部却被“拒”之门外，尤其是长时间在空旷的大路或者操场上等候，有几天甚至通宵待在外面，夜间的蚊子就会集中“攻击”机关干部，即使躲进车子里也不行，毕竟夏天闷热，他们笑称“蚊子咬得假肢都会发痒”。

在拆迁政策出台后，要及时取得老百姓的认可和接受才能进行评估，这个过程非常复杂。机关干部要不厌其烦地耐心向拆迁户讲解，对比。换句话说，政策要“让聋子都能听懂”，评估要“让瞎子看得明白”。评估是拆迁户最关注的关节点，他们会采用类比的方法，就是张家和李家比相差多少。“价格要让呆子满意”“呆子看堆作”是一种凭直觉看结果的方法，也是农村中流传最广的评估方法，尽管不正确，但是他们宁可相信这样做不会错。

△ 戴家滩拆迁工作中被“挡在门外”的机关干部

长时间进村入户做拆迁工作，机关干部戏称之为“硬着头皮、厚着脸皮、磨破嘴皮、掉一层皮”，往往是“心里压着任务，回家留着家务，加班是公务，疲劳战是义务”，还要经受“门难进、脸难看、话难听、事难办”的考验。发展到后来几年中，面对越来越复杂的社会矛盾，广大机关干部必须要有“打你不还手、骂你不还口、赶你不溜走”的心理准备。

△ 机关干部在拆迁工作中

第四章　开发区建设时期的宣传工作

按照开发区管委会和街道党工委、办事处的要求，拆迁工作铺开期间成立了一个宣传小组，要求每月出版《新青山》月报，月报由党工委副书记周晓，冯益民任主编，吕云燕任编辑。宣传小组基本上每天都要下村宣传，面包车上装着高音喇叭，轮番播放拆迁工作相关通告，要求拆迁区域的村民配合等内容。随着开发区建设的推进，采编人员还要及时拍摄、记录这些重大事件、工程建设进展，街道行政线业务进展以及政策性文件的解读，规划区块概图、居民住宅区效果图等。每月出刊并及时发放。

△ 本书作者开车在发达畈自然组宣传

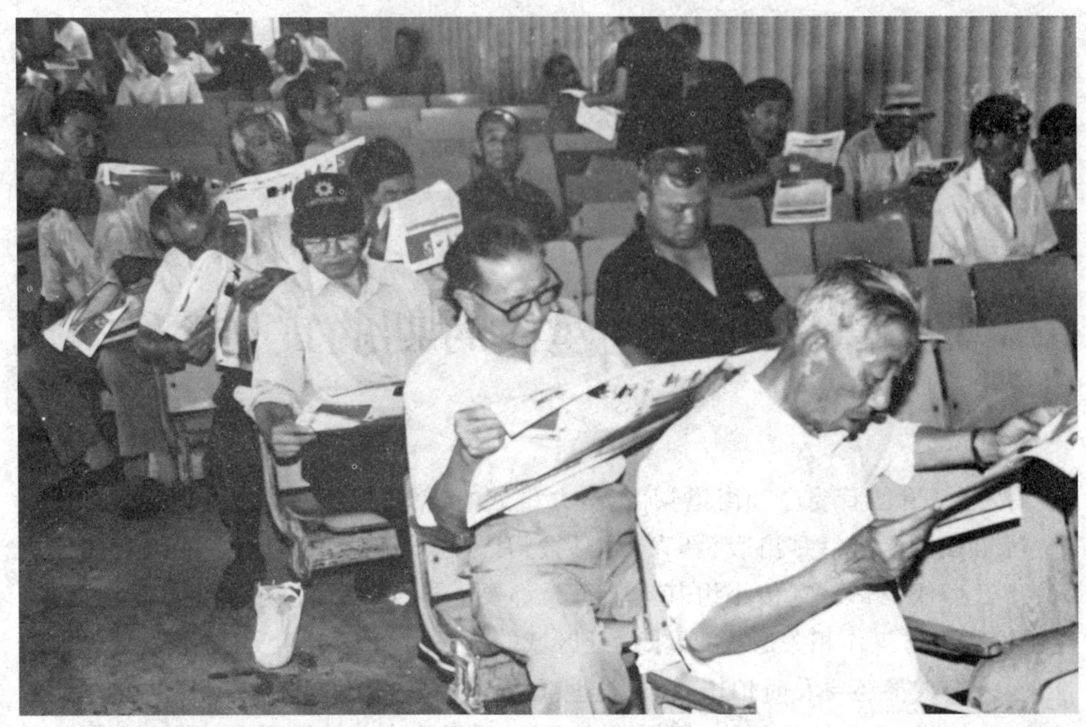

△ 党员干部在观看《新青山》月刊

△ 临安电视台记者团及时跟进开发区建设采访报道

△ 开发区特聘摄影师楼忠红(右)在朱村“种文化”活动中

△ 机关干部吕云燕在姜家滩宣传

第五章　污水处理、地下管网建设

△ 污水处理厂第一期工程

污水处理厂是开发区建设初期十大工程项目之一，位于整个开发区区块的中段发达畈自然村，这里北靠苕溪，西临航道码头，出排水非常方便。但在定点上有点费解，上游下来的污水在这里进行处理并排放，从地理特征上来讲是合理的；下游汪家埠企业的污水要倒抽上来，到这里集中处理，不仅线路长，逆向抽污成本也很大。发达畈村民因为担心污水气味会很大，一开始便强烈反对，寒冬时节不让施工。开发区管委会认为发达畈整体迟早要拆除，因此施工必须进行。但是在来不及拆除的情况下，污水处理会发出恶臭，可能危及附近老百姓身体健康，村民不能接受。开发区建设十年后的2012年，发达畈自然村还发生过村民因反对污水处理厂散发的臭味影响身体健康而拉闸断电的事件，有的村民还因此被刑拘。到2014年底，发达畈才全部迁移完毕。

地下污水管网的铺设在青山也是一件大事，因为这种管网的铺设，在现代条件下承担着许多功能。许多设施将同时进入管网，企业污水、生活污水、雨水、地面沟渠水，管道，通讯光缆、供气管道、电缆等都将同时铺设在地下管网中，大大增加了施工难度。以前浇筑好的青中街、天柱街几次被挖了个底朝天，重新铺设地下管网。管网铺设后，原来的马路也随之重新浇筑或拓宽。

△ 天柱街老供销社门口的地下排水处理施工

△ 机关退休老干部参观开发区建设

第六章　村庄的消失

当我们翻开清乾隆《临安县志》，显现在我们眼前的是历史上的青山的记载：因境有青山得名，唐时始有街肆……那是指老的青山街。

1958年，因建造青山水库，从水库淹没区搬迁来的亭子头、岳山头、五柳桥一带移民被安置在今新村、蒋杨、石亭子、茅草湾、发达畈一带，加上公社驻地的建造，新青山集镇的发展基础从此奠定。

△ 发达畈村景一角

▷ 临石路老青山段原貌

△ 戴家滩自然村全貌(2003年9月4日摄)

△ 发达畈自然村原貌(2003年9月4日摄)

◁ 原中心小学北门机耕路

▷ 拆迁前的大山坞自然村

△ 从越秀房产一期房顶看青山

当我们再度翻开2002年到2015年这十三年的历史，会发现因开发区、科技城、高速公路建设等，青山消失了24个自然村和一个整村（民主村）！其中24个自然村包括石泉村：高家、肖家；坎头村：野猫弄，王家山、鲍家滩、坎头湾、戴家滩、江家滩；研口村：浒溪埠（含百亩滩鲍行本兄弟家族）、活龙岭、发达畈、长竹垅、白浪头（半个）；青山村：大园、烂龙口，油车头、塘塍、下青山（今科技大道北侧）、六份头（半个）；胜联村：横塘、孟家，学校（村委）边、阮家，大山坞、寺前；朱村：陈家岭。民主村整个村被房地产公司拆迁整合，尽管2007年底民主村行政体制被划入锦城镇，后来又转为锦北街道，但是历史上有关民主村的记载仍在青山版图。

▷ 戴家滩原貌一角

△ 胜联村横塘自然村原貌

笔者怀着十分眷恋又十分无奈的复杂心情，拍下这些消失前的村庄的面貌。以前静谧的自给自足的田园景色已经不再，代之而起的是如火如荼的城市化建设。这种局面今后还会扩大范围，进程将继续！

△ 水库大坝下的乌龟墩原貌

△ 街道办事处主任董德民（右）每天晚上听取各拆迁组汇报，分析情况，研究对策

△ 原先属于宫里村的“八亩滩”农田

△ 拆除前大园路街景

原先这些村落大都以自然环境分布,有的沿溪,有的傍山。无论该村落是否曾经有过辉煌的发家史或者关于立村的风水学说记载,都会像DNA传承谱系一样默默地向你诉说着曾经美好的发展历史。浒溪埠,历史上曾经是一个繁忙的水陆码头,各地往来船只将运载来这里交易的货物在此上岸或者下船。起初这里被称为“起货埠”,后来改称“货起埠”,宋代改称“浒溪埠”。20世纪70年代初到80年代末,笔者曾亲身见证过这里的繁忙景象。往返于南北两地的村民日常生活往来及农作物的运输只有借助唯一的渡船。沿苕溪河道从水里或者堤岸上挖出来的滚滚黄沙,用船或者独轮车、双轮车运到浒溪埠码头堆积。用船运来的黄沙,还要用人工挑上岸,继而通过陆路用汽车运往上海、宁波、嘉兴等地。当时的运输业是如此繁忙,卖出去的黄沙换回了钢筋水泥,打开了青山与外界沟通的大门,与青山乡镇企业的率先发展有着不可分割的关系。为了致富,笔者曾有过所在的生产队将八亩滩的农田毁掉,从地下将黄沙挖出,然后用独轮车运到浒溪埠,或者用船运到汪家埠,再卖出去的经历。每天要挑七吨黄沙到船上,这种经历磨炼了我的意志和体力,那种坚韧与顽强永生难忘。

那些以“家”为名的村落，大都与该村落的迁移和集聚有关，记载着该村落的姓氏传承和村民的由来，涉及历史上发生过的战争、瘟疫、饥荒、自然灾害、族人间的争斗或者政治避难。无论是战争或时代因素造成的“逃难者”，还是后来因发展因素形成的打工者，先来的介绍后到的，呼朋唤友地来一个地方打工，或者安家落户。历史总是惊人的相似。来自塘塍的张家是属于行商原因而定居、繁衍于此的。来自湖州的张姓商人在青山落脚后入赘早先来自平阳的谢氏家族，生育六个子女，然后选择交通方便的塘塍地块成家立业，子孙40余人家居在此，后来形成了一个自然村落，2013年底被全部拆除。

△ 老青山去临安马路边叶鑫贞家

解放以前，余杭与临安的交通要道是从老余杭镇北上，到坎头湾沿苕溪北侧的古道或走水路通往临安、安徽。大园原来是隐没在古道南侧的一片竹园。据记载，日本侵犯临安十多次，都没有发觉有大园这个村落。1975年底，因苕溪改田造地需要，大园弯弯的苕溪水道被切断，人工挖掘一段河道，上面架桥，曾称“青山桥”。大园外侧原来的环形苕溪河道被改造成农田（今华兴羽绒厂区），于是砍倒了有一人多围的成片杨树。1988年，因轧钢厂的建造，又砍掉了附近大片竹林，大园自然村才显露无遗。2010年底起至今，因科技大道建设及后来的大园新城移民安置点建设需要，至今全部被拆除。

△ 大园村内街景

△ 乾隆《临安县志》临安十景之“锦潭鱼跃”旧址(俗称石炮潭)

苕溪相对于青山来说,犹如母亲河一样,千百年来养育了青山段沿岸十几个村落的村民。从接壤余杭的汪家埠开始往西,有高家头、肖家头、鲍家滩、百亩滩、坎头湾、浒溪埠、长竹垅、戴家滩、江家滩、发达畈、大园、油车头、骆家滩、下青山、杨家渡、六份头、太平一直到水库大坝。1958年因建造青山水库,水库大坝内的高家坞、岳山坞、亭子头、五柳桥等村庄被定为淹没区,因此有了青山的移民村。过去,“锦潭鱼跃”为旧时临安十景之一,据乾隆《临安县志》载:“锦潭鱼跃”,在县东十五里,会锦亭两岸,竹林荫翳,远山如画,碧水萦回,深不可测,游鳞无数,杨鬐鼓鬣,游泳其中。清郭九会诗曰:“崒嵂空亭瞰钓矶,锦鳞游泳兴遄飞。青山影撼洋洋势,碧沼光浮跃跃机。尾掉波心新涨起,鳍扬水面瀫纹微。春雷暖泛桃花浪,变化成龙得意归。”旧时会锦潭北侧丁山有亭,名“会锦亭”。亭有两联:“东出余杭道,西归衣锦城。”“丁山脚下丁山路,汇锦亭前汇锦潭。”

1992年版《临安县志》第683页“青山水库”条,将会锦潭和会锦亭的记载写成:……后建水库,锦潭沦于水底,构成人工湖泊,在汛期最大蓄水量可达一亿立方米,波澜壮阔,气势雄伟。

上图摄于2010年3月17日,因当时要建造科技大道、桥墩正好通过会锦潭(俗称石炮潭,图左为丁山)。为防止后人没印象,故找附近房顶拍摄下来。

经常听老人们说,冬天可以在苕溪里站在竹排上“凿冻鱼”(用鱼叉往水中捕杀处于冰封下凝冻状态的鱼儿);每逢涨大水时,水中可以捕捉到淮(华)鱼(从淮河洄

△ 乾隆《临安县志》中的“锦潭鱼跃”图

△ 拆除前位于石临公路北侧的青山村部分民居

△ “锦潭鱼跃”旧址——丁山

△ 科技大道今石临公路老青山北侧路口原貌

游的一种体态很大的鱼)。也常听到他们讲起如何用竹排往下游运送木材、毛竹、黄烧纸等当地资源,换取食盐、生活用品的经历。笔者读初中时,经常能吃到来自油车头的同学带来的鱼干。笔者劳动时曾经和村民一道“偷吃”八亩滩鲍家晒在门口的腌淮鱼。每逢发大水时,鲍家把抓来吃不掉的淮鱼腌制一两天后,拿出来放在竹篾大匾里在太阳下暴晒。那上面尽管苍蝇漫天飞,那种半生的鱼片味道确实不错。那些沿着苕溪而居的村民,经常从河里抓来鲜鱼,烘干后蒸着吃,味道很鲜美。慢慢地,苕溪水被污染了,房子被拆了,村庄被拆了,这些美味和传统的生活方式也随之消失!

这些不起眼的自然村落,还与语言的传承有着密切的关系。朱村的东阳话、胜联村的绍兴话等都明显区别于青山本地话。塘塍、民主村一带农户大都来自平阳,说的也是平阳话,几十年来形成了一个单独的语言体系。平时生活中,他们喜欢用自己的语言交流,这样做感觉更团结,更亲切。遇到邻村人,他们马上会用青山话与之交流。工作组进驻这些村做拆迁工作,必须要和拆迁户进行面对面交流、沟通。去这些村的工作组成员会像遇到外国人一样,经常碰到一些尴尬的事情。遇到复杂问题,或者暂时“不能让工作组知道”时,他们会用家乡话当面或者背后私下交流。工作组成员不懂平阳话,也就不知道他们在说些什么。当然,工作组里也有懂平阳话的，这时拆迁户就会回避谈那些相对私密的话题，改谈一些无关痛痒的话题。

村庄的消失抹不去人们心中对乡思的记忆。房子没了，那种随意、放松的人文环境没了，但传统习俗无法丢！大园组村民每年冬天都要举行隆重的“打年

△ 塘塍张家老小在烤火，其乐融融！

△ 塘塍自然组全貌

糕”——一种基于互助合作基础上寓意丰收的活动。房子被拆了,那种氛围也势必随之消失。尚处在临时过渡期间的村民们仍然想方设法去附近村找地方打年糕,去胜联村寻找拼盘打,去老农业银行后的操场里找地方打,想方设法把这一传统继续下去。但是不知道下一次他们住进大园新城高层住宅后,打年糕活动将如何继续。

△ 大园村民打年糕

△ 发达畈一村民90寿礼仪式

村庄消失，取而代之的是科技城、开发区建设的成型，房产业的繁荣。但是过去相对落后，老百姓基本能自给自足，没有太多的欲望，一般不会出大的问题。搞了开发区建设后，土地没了，粮食严重依赖外地买入，百姓生活中燃烧的是煤气而不是薪柴，用的是自来水，买的是从外地贩运来的大米、蔬菜、生活用品，等等。这种生活链格局一旦由于自然灾害或者战争因素导致某个环节破坏，或者断裂，恐怕会迅速引起连锁反应，供给系统紊乱甚至社会动荡不安！

△ 胜联村入口原貌

△ 胜联村阮家自然村远眺

▷ 蒋杨村旧貌

▷ 消失的浒溪埠自然村

△ 石临公路骆家头旧貌

△ 坎头村小学(后改做村委)原貌

▷ 胜联村电子科技大学后的麻岭自然村入口原貌

△ 热电厂原貌

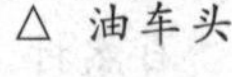

△ 油车头

◁ 大园北侧“烂龙口”原貌

△ 拆除前的蒋杨村高家地原貌(曲仁根　摄)

◁拆迁前的高家地
(曲仁根　摄)

△ 坎头村移民区茅草湾口幸福家园原貌

第七章　村规模调整

据现有的康熙十四年(1675),乾隆二十四年(1759),光绪十一年(1885)《临安县志》记载,历史上的青山一直分为两个乡。苕溪以北称“谷仓乡”,北面田地较多,稻粱满仓。南面称灵凤乡,山水为主,钟灵毓秀。中华人民共和国成立初期,青山曾分设临东乡(朱研乡)、青山乡、亭子乡;20世纪六七十年代开始称蒋杨片、研口片、青山片,这种管理格局一直延续到2008年的镇撤并。笔者幼儿时期就曾经历过宫里村和石泉村合并,合并后称“石泉村”,当时的村委设在汪家埠陈炳山家的楼上。20世纪60年代至2007年10月,青山一直由16个行政村组成:南面自西向东分别是:锦里、朱村、研里、研口、斜阳、杨家、桥头、宫里、石泉、蒋杨、岳山、新村;北面自东向西分别是坎头、胜联、青山、民主。其中蒋杨片含锦里、朱村、研里、蒋杨、岳山、新村;研口片含斜阳、杨家、桥头、宫里、石泉、研口;青山片含坎头、青山、胜联、民主。

△ 撤并前原民主村领导班子成员

2001年8月28日，经上级批准，青山镇改称“青山湖街道办事处”，29日在经委四楼举行成立仪式。临安市委副书记郑荣胜，市政协副主席秦胜华，市人大常委会副主任蒋彩珍、路长汉到现场。新成立的街道办事处仍旧辖原来的16个村及一个居委会。

2007年10月开始的村规模调整是历史上又一次村级行政体制大改革。根据市委、市政府要求，全市乡镇区域内再次进行调整，青山湖街道的民主村被并入锦城街道。原宫里村和石泉村合并，称洞霄宫村，驻地石泉。斜阳、杨家、桥头三村合并，称青南村，驻地桥头。蒋杨、岳山、新村三村合并，称蒋杨村，驻地蒋杨。朱村、锦里合并，称朱村村，驻地朱村。研里、研口、坎头、青山、胜联不变。至此，青山从原来的16个行政村变成了9个村。

△ 撤并前的蒋杨村两委会班子成员

△ 撤并前的岳山村两委会班子成员

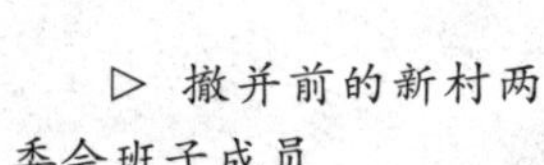
▷ 撤并前的新村两委会班子成员

◁ 撤并前的斜阳村两委会班子成员

▷ 撤并前的杨家村两委会班子成员

◁ 撤并前的桥头村两委会班子成员

▷ 撤并前的石泉村两委会班子成员

◁ 撤并工作组领导和宫里村班子成员

桥头村靠石灰烧制及运输业致富比较早，经济实力比较雄厚，老百姓节俭成风。按要求被并入青南村时，村民担心村级存款被瓜分，老百姓不同意合并，要求先分光集体积累资金再谈合并。2007 年 11 月 10 日傍晚，桥头村一百五十多村民来街道办事处申诉，表示不同意和斜阳合并为一个村。后来事态扩大，被要求到三楼大会议室集中约谈，由书记出面解释。11 月 12 日夜，机关干部在桥头做协调工作，桥头村民堵截机关干部私人车辆，事态差点失控，于是全体机关干部奉命奔赴桥头，本人所用摄像机构件被村民扯裂，新衣服撕破，个别带头村民被带离现场。11 月 14 上午，桥头被抓村民家属到村干部家找说法，后去临安上访，下午有五十人左右到杭州市政府上访，历史上多次撤、扩并没有像这次表现得那么激烈。2007 年 11 月 17 日，村规模调整在街道举行授牌仪式。上午，机关干部去桥头挂牌，再一次发生了村民阻拦挂牌事件。

◁ 撤并前锦里村两委会班子成员

△ 撤并前的朱村村两委会班子成员

2011年3月，因科技城建设需要，原横畈镇与青山湖街道合并，行政村再次扩大到19个。原横畈镇合并后的泉口、雅观、洪村、庆北、庆南、安村、潘联、郎家、孝村、白水涧10个村，加上青山湖街道9个村，青山湖街道办事处下辖19个行政村，新的青山湖街道办事处在中都大酒店宣告成立。

△ 村规模调整授牌仪式

△ 新青山湖街道成立大会在中都大酒店举行

第八章　山包的消失

国人在规划建设上和外国有很大的不同。外国人喜欢保留自然风貌，依山傍水搞建设；国人则喜欢把这一切弄平整，再来搞建设。因此在青山搞开发区建设，消失了不少的山包，使青山的地形发生了变化，开发区及科技城建设这十五年中，青山这一带消失的小山包有二十多座。

△ 坎头村杭州叉车厂地块挖土现场

青山水库以下至汪家埠这一段上消失山包有：

1. 老虎山，位于今万马电缆南侧，高速公路出口东侧。
2. 窑山，位于汪家埠中天幕墙南侧，原属宫里村。
3. 狮子山，去桥头岔路口北侧，原属活龙岭自然村，对应老虎山。
4. 王家山，今杭重机地块（相坞东南原茶园）。
5. 杭州叉车总厂地块，与余杭舟枕杨梅湾交界。
6. 野猫弄，相坞西南侧、师姑坪东南。今杭氧北区块。
7. 外馒头山，杭氧东北角，今东环路相坞自然村口西侧。
8. 原轧钢厂自来水塔小山，杜马桥西侧。
9. 堂山（油车头西，塘塍南）。

△ 临安市委督导组在听取街道汇报

◁ 最早的房产项目在原镇林果场基础上建设

△ 坎头村茶叶山今杭重区块原貌

△ 百日攻坚王家山现场

10. 丁山,(旧志所说锦潭鱼跃处),俗称石炮潭北侧(半只山)。
11. 220千伏变电所后一片小山包。
12. 杜马桥东,江家滩西北侧小山包。
13. 竹园畈小山,通往舟枕方向。
14. 胜联村原锁厂地块山包,电子科技大学项目。
15. 科技城西侧山包,长春应化研究所位子往北一带山冈。
16. 青山,半只劈掉(六份头环城西路建造)。
17. 刚阳山庄西,俗称官塘位子,今观塘郦景及房产项目。
18. 费家山,老青山北,今中天郡府房产公司。
19. 扇子山延伸,今液化气站,研口村口东。
20. 茅草湾杭氧住宅群区块,俗称中学山。

以上所述仅局限于青山水库以下至汪家埠这一段平缓地块。

第九章　苕溪改造

历史上的1956年曾经发生过一次较大的洪水，位于石泉西面的龙王塘几乎跨堤。1958年，开始建造青山水库。1959年和1969年，曾两次提出疏浚青山水库下游至余杭交界处的8公里河道。1961年水库建成后，苕溪下游相对稳定。1985年12月20日，浒溪埠“青山航道开发工程”恢复上马并举行了动工仪式，1997年4月完工。在浒溪埠地段和余杭的乌龙洞之间建起了船闸，大园地段又建造了码头，苕溪青山航道正式进入泊位在150吨级的通航时期。

1987年，水库溢洪道拓宽工程开挖，由原来的5孔变成了10孔，加大了泄洪量，对下游河道带来了新的威胁。1996年6月30号，发生了较大规模的洪水，水库大坝水位达到33.86米，泄洪量达到每秒550立方米。同时，下游余杭河道水位已经到达极点，洪水严重倒灌。石泉、宫里、坎头、研口、青山、民主等村大片农田受淹，汪家埠一带变成汪洋一片。

△ 苕溪位于浒溪埠至戴家滩弯道，在这里建造跨北大桥

茗溪青山段的改造因开发区建设的推进而迫在眉睫，最终得到及时彻底的维修。2002年9月开始到2004年，从青山水库大坝下到浒溪埠地段，5.5公里长的苕溪首次被改造，改造工程共投资3600余万元。2003年8月29号，“水库下游河道整治工程”在浒溪埠地块举行了开工仪式。2005—2006年，浒溪埠至汪家埠2.5公里河段进入维修，总投资2400万元。经过整治，青山境内的8公里古苕溪，改建成了底宽50米、面宽80～100米、两岸堤坝顶面宽达5米的河道。堤坝底层一级坝为干砌块石护堤，高5.5～8米，二级坝高近10米，并在二级坝上种植绿化、美化的景观带，可以抵挡五十年一遇的洪水。

在苕溪沿岸，本来仅有坎头村建造的东航大桥，以及中间段的大园桥和青山与蒋墅地块的老铁桥。开发区管委会在东环路至相坞地段、浒溪埠地段、大园路地段（改造）、石临公路北侧、六份头等，相继建造了五座大桥，整个开发区内交通框架成

改造后的苕溪北岸浒溪埠至大园桥段景观带

型。越秀房产进入开发区后，政府相继在沿苕溪北侧浒溪埠至丁山脚下的青山大桥地段，对河道进行了高档次的绿化。现在的苕溪北侧河道已经变成景色优美的休闲长廊。

开发区建设十五年过去了。老百姓在说，开发区建设最大的功劳莫过于对苕溪的治理。过去洪水肆虐的苕溪，现已成为秀丽的水上景观带。

△ 河道整治开工仪式现场

△ 位于大园的青山码头曾经繁忙的景象

第十章　轧钢厂的今昔

笔者的前期摄影经历与轧钢厂的命运变迁相关。在当时，轧钢厂属于全镇乃至全县最大的乡镇企业，投入最大，规模最大，并且一开始就遭遇了宏观调控的瓶颈，上马不久就停工。轧钢厂地块动工前是青山村的一片竹园，笔者务农时经常经过那里，黑乎乎的竹林绵延数里，不知深浅。那时候我没相机，老站长张荣根拍下动工前竹林被砍后最原始的面貌照片。当我发现这些照片时，也正是轧钢厂建设上马之初，就萌生了要跟踪拍摄的想法。

△ 冶金工业部质监局高建忠(中右)在轧钢厂质检

△ 轨钢厂出钢场景

1989年2月，因镇里要举办改革开放十周年图片展览，我就开始拍摄、记录全镇范围内仅有的十家乡镇企业。忽然发现正处于停工状态下的轧钢厂，长达两百多米的工地上一片白花花的预制构件，因不知道停工原因，不敢贸然拍摄。经过一番思想斗争后，还是冒着挨批的风险，爬上杜马桥东北侧的小山包拍摄停工时的轨钢厂全景。记得有两件事情比较有意义。第一，为当时担任筹建组副组长的周永顺、石泉村的周小元、宫里村的许雪华等人拍摄纪念照。当时周永顺认为没意思，项目都停下来了，有点“倒灶相”，不知道猴年马月才能恢复上马。我说，这么大的投入，不可能就半途而废了，将来总有一天能恢复上马，现在最好能拍下来，下次恢复后再来看就有意思了，周这才勉强答应配合拍摄。我拍下了筹建组成员在工地上的几张照片后，单独拍摄了一张周坐在预制件上略带忧愁的照片。后来轧钢厂项目果然恢复上马，周永顺不但当上了首任厂长，还受到过时任中央政治局常委胡锦涛同志的接见。第二，停工是暂时的，我坚信总有一天会恢复上马，做大事难免有曲折，这是我的观点。轧钢厂不但恢复上马，还曾红火一时。今天，时间已经过去二十多年，随着科技城城市化建设的快速推进，轧钢厂的粉尘污染和城市综合体十分不协调，轧钢厂必将被拆除。

△ 临安县舞蹈协会主席张向红(左一)老师在轧钢厂体验生活

青山轧钢厂鼎盛时期,没忘记对文化工作的大力支持。当时文化站两个月没有发工资,于是向轧钢厂厂长周永顺借了一万元钱,发放拖欠员工的工资,装上了程控电话,电影厅装了十个吊扇,结束了观众厅没有电扇的日子。轧钢厂还把仅开过两年、没有及时维修的三峰面包车送给了文化站用。1994年,还支持文化站购买摄像机,及时支持了青山的新闻报道事业。文化站除了及时配合轧钢厂作新闻报道、图片拍摄外,还协助轧钢厂创作了《青钢之歌》《青钢之舞》,并多次登台演出。

轧钢厂停工状态下的照片虽一直没有展出,但是当时的状况毕竟令人震惊,我就把这些照片保留下来了。随着轧钢厂项目恢复上马后,我又一直跟踪它的发展。恢复兴建一开始,当时的领导及机关干部、学校老师到现场劳动,清理荒草;后来吊装预制件,安装设备;各级领导、专家的来访等重要的场面我都参加了。第一炉钢炼出来那天,在炼钢第一线和周永顺、毛志新等一线工人一起,奋战一昼夜,直到沸腾的钢水出炉,第一批钢锭成型,我跟拍了整整一个通宵。非常可惜的是,当时拍摄的录像带没有条件及时转成电子版本,后来副厂长毛志新家中房子搬迁时把磁带遗失。

第十一章　社会事业建设

一、社会事业的发展

十多年来，从直观上来说，开发区建设使得青山变成了一个特大而持久的工地，到处是轰鸣的工程车辆，各种建筑材料源源不断从外地运来这里。崭新的厂房、桥梁、道路、农民公寓、办公楼日新月异。全国各地的打工者集聚这里，不仅带来了市场的繁荣，也带来了外地的文明，甚至夹带着一些落后的坏习惯。

企业引进后不可能不产生污染，有的看得见，有的摸不着。从风向上看，企业

△ 青山农村信用合作社年底热闹场面

△ 2007年5月31日，开发区表彰优秀外来员工

大都位于集镇的东面，而地理特征上，一年中绝大多数的风是由东向西吹送，空气中弥漫着农耕时代未曾有过的味道。杭氧、杭叉等大型企业快速进驻青山后，由于住宿等配套设施跟不上，上千职工每天乘坐八十多辆大巴车浩浩荡荡地往返于杭州和青山之间。白天沿企业周边的马路两侧停满了专用大巴车，一到傍晚，这些车辆全部出动奔赴杭州投宿，这种景象十分壮观，但资源浪费严重。

由于拆迁致富，本地人把投资眼光瞄准了承揽工程和机械设备的投入上。一段时间内，青山迅速崛起了很多大型工程车辆户。挖掘机、吊机、铲车、大型运输车辆等凡是工程中需要用到的，青山人几乎都拥有。有头脑的人会把征迁款用来投资，也有少数人拿来用于不正当消费。突然富起来的人都不肯做相对艰苦的劳动活，有的甚至明目张胆地设起了"赌局"。于是，街道对失地农民进行各种上岗培训，年轻人进了企业打工；不少没有技术且年纪稍大的人选择了去企业当保安，或者寻找其

△ 外来人口多了，夜排挡应运而生

他致富门路。

政府在十几年里投入了很大的财力，建造了两个停车场，但是仍然缓解不了飞速增长的大型车辆停放需要。太多的家庭购买了轿车，有的甚至属于中高档车，这在开发区建设前是不可设想的事。20世纪90年代中期，因为乡镇企业尚处于鼎盛时期，青山就出现不少家用轿车用来出租的情况，沿鹤亭大街停放着一排桑塔纳系列轿车，去临安一趟收二十元钱。法律上来说，这属于“黄鱼车”，但是乡镇不可能配备出租车，“黄鱼车”的存在有它的地域性和历史性。青山的出租车经历了多次改版，最早是三轮摩托，后来改成三轮带罩的出租车，夹杂着电瓶车，那时路程虽短，要价却不菲，从相坞到“新建里”曾经要到十五元。

△ 最早的三轮出租车

△ 青山集镇上出租车的进化

20世纪90年代中期，青山也曾经出现过几家相对豪华的饭店，但是没过多久因宏观调控，相继出现恶性循环、关停并转的现象。貌似繁荣的现象背后却是经济的滑坡、银根的紧缩，缺乏实际购买力的支撑，缺乏人口集聚的基础。开发区建设后，随着外来人口的迅速增加，企业间的交往日益频繁，消费价格趋于大众化，饭店业明显生意红火。越开越多的饭店带来了种植、养殖、供销一条龙的兴旺发达，三产业日益繁荣。有些在本地人看来懒得从事的事，外地人却做得很红火。在青山租地种菜、租房子开店、租摊位经营、租场地办企业的无法详细统计。而今的青山农贸市场内很多经营户都是外来人员，他们在这里打拼，在这里从事着本地人懒得经营的生意，本地人眼看着他们逐步致富，自己还是懒得动手。

在对外宣传和招商引资工作上，开发区一再向企业承诺，引进的打工者将被称作“新青山人”，他们的待遇将和本地人一样，享受一样的子女就读、医疗服务等等。这种许诺首先给教育带来很大的压力，教育资源被迅速涌入的外来打工者子女

△ 首次奖学金发放仪式

占用和均分，出现了设施、设备跟不上，师资短缺，经费缺口大，教室不够用等问题。

2004年9月1日，杭州市委书记王国平来青山视察教育时，曾提议中心小学和青山中学这两幢60年代的苏式教学楼要保护好。但是不到五年时间，这两幢曾代表一个时代的教学楼全部因为学校扩建而被拆除。外来打工者的子女数量远远超出了青山民办学校的承受能力，于是保安学校、全日制小学应运而生。原来专门为省内企业培训保安员的保安职业专修学校敏

△ 青山湖街道农民素质提高工程培训班

锐察觉到这块市场，马上注册成立“育英学校”。在市政府及教育部门的资助下，育英学校为开发区容纳了一千多名外来务工人员子女小学阶段就读，解决了他们的燃眉之急。街面上还出现了私人托管班、幼儿园、琴行、舞蹈、跆拳道培训机构等，五花八门，目标一个，以廉价的门槛吸引外来民工子女。

不管在中国的什么地方，一有大型工程，就会迅速出现外来民工热潮，工期越长，民工潮越大。刚开始时，很多民工居住在简陋、潮湿、矮小的临时工棚里。可以

△ 杭州市委书记王国平(左二)视察青山教育

△ 镇领导在规划天柱街东延伸段现场

△ 突然致富的村民投资的工程机械

△ 居住在矿山工棚中的打工者家属

快速组装的板房里夏天闷热，冬天冰冷，不宜久居其中。时间长了，这些打工者会携家带小拖儿带女地来青山居住下来。笔者由于检查矿山安全，拍摄到一组居住在矿山临时工棚里的妇女及小孩子玩耍的场面，那种生活情况和新中国成立初期差不多。户口所在地政府机构鞭长莫及，属地政府管理职责和界限不是很清晰，潜在的计划生育问题非常突出，不少外地人经常“拖三带四”（妇女身后跟着好几个小孩子）地出现在街头。

笔者无意排斥外来打工者，现实是外地人一多，许多社会问题跟着而来，有的需要政府的服务迅速跟进，比如三产业、邮政、银行、供电、广电、派

△ 矿山上的外来务工者家属

△ 茅草湾原貌

出所、交警、公安等，还有教育、医疗、就业、计生、社区服务、业余文化生活、养老保险等。有些坏习惯同时随之带来，比如来自我国偏远地区的人对大小便非常随便，在家乡他们可以随地解决，那里人烟稀少，太阳一晒，风一吹也就没事了。但是在这里，因为人口密集，一旦随地大小便，碰到连续阴雨天气，就会发生传染性病变。2007年5月，我市高虹镇由于外来打工者随地大小便引起的副伤寒爆发，一度造成了临安社会的恐慌。

时间长了，一部分打工者选择了附近民居的空闲房屋作为立足点，生活上尽管与本地人还有所隔阂，但是经过一段时间的相处后渐渐融洽起来。同时，老百姓的

△ 一年一度的小学生慰问敬老院活动

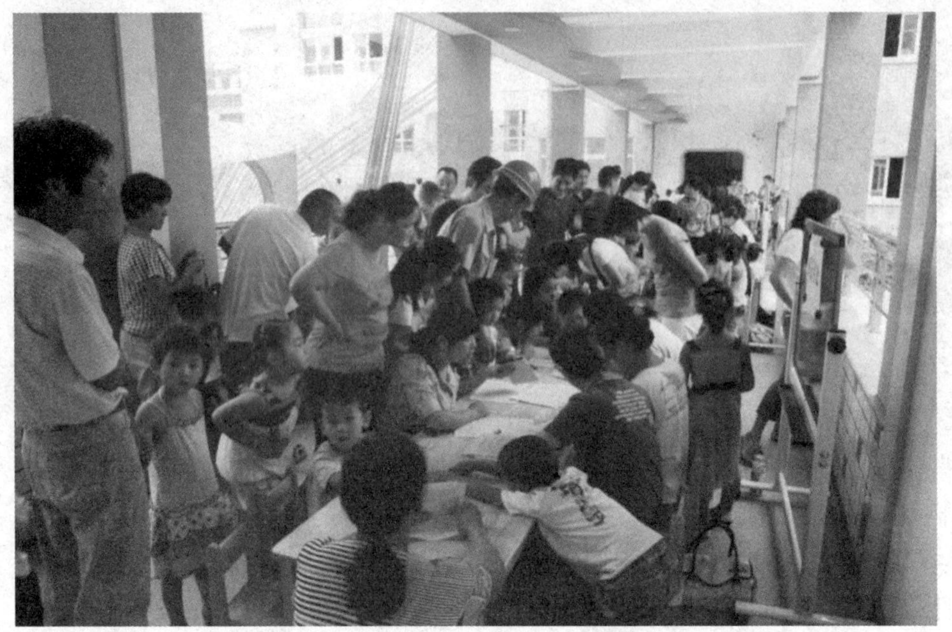

△ 幼儿园开学，报名的家长中很多是外来务工人员

房屋也在悄无声息地想方设法加层、扩建以及配套设施装修，以跟上形势发展的需要。一些在青山打工多年且收入不菲的人，在“青山鹤岭”“翠紫苑”“越秀”等房产买上了自己的房子，部分白领打工者甚至选择了高档别墅安家乐业。这些人口的注入，在一定程度上加快了三产业的发展进程，增加了老百姓的收入，促进了青山房产业的升温。随着22个自然村落的消失。城市化生活方式的迅速崛起，本地失地农民进入高层公寓，外地人购买当地房源必将成为主流。

开发区周围的百姓尝到了因出租房屋致富的甜头，不少人家把原来的猪圈、柴房都改成了出租房。这些出租房在装修配套设施上都考虑得很周全，完全能满足外来打工者的需求，有的一年能收租费上万甚至十几万元。这种“好事”在规划拆迁区域的拆迁工作中一度成了障碍，因为房子被拆除，就意味着这些收入的中断。

外地人的涌入，在语言文化上也产生了变化。在与外来打工者的交流中，青山人的普通话普及率飞速提高，年纪很大的人都会说一些不甚标准但是可以理解的普通话。走在大街上，偶尔在熙攘的人群中碰到陌生人，你也许不敢直接用青山话来交流，而迅速改用普通话，因为你立刻会想到是否遇到了外来打工者，谁知道原来对方却是青山人。人们习惯了去文化宫参加歌舞活动，90年代后期兴盛过一时的歌舞厅因形势不好停办十多年，现在青山的高档次歌舞厅也应运而生，电子娱乐场

△ 华兴羽绒制衣企业门口的临时摊位

所最多时达到七家。但是不同的外来打工者来自不同省市、不同民族，要想融入青山、融入临安，还有很长的路要走。

尽管他们大多家庭都有电视，也可以去街道免费的图书馆看书，去文化宫打乒乓，但是在一定程度上他们仍然被封闭在自己狭小的生活空间里，局限于企业上班和在家中休憩，没有机会融入当地社会生活圈。企业是一头巨大的机器，竞争激烈，工人在企业上班非常枯燥、单调和辛苦，下班后只能选择在家休息。目前形势下要想谈企业文化，很大程度上还只是一句空话。随着文化线上普及工作的开展，乡镇一级图书馆包括大型演出活动都要求实行免费开放，这让那些外来务工人员的家属和子女很开心。笔者观察了多年，青山图书馆开放馆内平时借阅量最多的是外来人员，他们大都知道文化对于自己以及对子女的重要性，加上出门在外，毕竟活动空间受限制，借本书来看看是一种不坏的选择。青山图书分馆每年两万多的借阅量百分之八十是源于外地人。

笔者从公安、交警处了解到，通过这些年的抓管和投入，加上整个科技城范围内配套设施逐步完善，技术防范到位、夜间巡逻跟进等措施，街道范围内犯罪率明显下降。但是不法分子仍然会在青山寻找自己的"发财"之路，"吸毒"这个可怕的字眼也在青山有了记录。总的趋势看，青山社会的稳定程度大大提升。

◁ 外来打工者集体宿舍

△ 青山派出所破获拐卖儿童案

△ 青中街北侧老供销社门口变化很快

晚上去逛街，你会看到小吃摊，夜排档灯火辉煌。菜市场好比是经济发展的风向标，企业的兴衰与否在这里都会有所显现。摊主会告诉你，今年和去年相比，形势好坏都可以在菜市场里反映出来。

青山最早出现劳动力市场是在2003年，青中街曾设固定摊位，黑板上打出招工广告信息。外来打工者在寻找工作期间要缴纳一定的费用给劳动力介绍所，由介绍所负责提供企业需求信息，甚至联系落实，后来这个介绍所曾搬到老经委大楼一楼。每年年初，街道社会事务办、工办等联合市劳动局，入区企业等组织开展招聘工作，每年的招聘会现场人头攒动，场面异常火爆。

△ 青山最早出现的职业介绍所

城市化的生活方式给青山人的生活带来了很大的变化，每天清晨或者傍晚，你可以看到上千人在青山水库大坝周围疾行或者散步，或者打拳。人们对食

△ 每年一度的春季招工活动

品安全的要求和对健康的追求出现了前所未有的关注，于是纷纷走出家门从事锻炼。水库大坝下原来是一片果园，现在呈现在你面前的是一个巨大的园艺花圃。文化站管乐团的创办，为一部分爱好音乐的人提供了学习高雅艺术的场所。每逢周二、周五晚上，他们从各村赶来聚集在文化宫，认真学习西洋乐器，每年都要开展大型活动或者演出。他们的行动对子女来说，起到的作用是潜移默化的。开发区建设15年时间内，青山的文化没有落后，浙江省的农民“种文化”活动在这里发起，民间艺术2次走出国门，文化礼堂建设口号在这里提出等，更是提高了青山农民文化生活的档次。(第三册另行详细介绍)

城市化建设在绿化工作上改进也非常明显，道路两侧习惯种植的树木从简单的绿色化(青中街的香樟树)向彩色化(鹤亭大街等的银杏)芳香化(桂花树)不少地段出现果树化方向发展，科技大道两侧更是以一路墙绘装点。苕溪北侧3公里林荫道花巨资打造，漫步其间，各种设施、雕刻、扶栏、望柱一应俱全，你没法想象这里居然是曾经被称为“北大荒”的南苕溪北岸。街面的美化也随着商机的增大而越来越讲究档次，店面设计越来越漂亮。晚间沿街灯火通明，照如白昼。

电网改造：原来青山最大的电老虎是轧钢厂，杭资企业引进后，用电出现了前所未有的高峰，位于轧钢厂北侧的220千伏岗阳变电所，是青山经济开发区建造的最大

▷ 鹤亭大街的行道树从香樟换成了银杏，绿化转为彩色化

的变电所。

青山广电站:开发区建设时期,青山广电站主要职责是积极配合开发区建设进展中的杆线迁移工程,城际铁路青山段改道工程,科技大道拓宽工程等,以及拆迁安置户的有线电视安装维护等重点工作。将过去的模拟图像传输实现向数字图像传输的转变,负责对全街道的广播电视节目以有线传输方式传送到千家万户;负责有线电视网络建设,网络管理,数字化电视双向网络改造,用户安装和视听维护,用户服务工作;负责政府视频会议系统、党员干部现代远程教育网络系统、数字兴农“三务”信息公开、各村水利应急系统以及有线广播“村村响”系统、公安监控、劳动保障网络和计生网的技术保障日常维修等。

△ 青山广电站职工在维护中

青山广电站从2003年的三千二百余户有线模拟电视发展至今实现全面数字化在册电视用户七千五百余户。十几年来共架设主干线127公里、支线226公里,对原青山湖街道10个行政村(含民主村)实行全面数字化电视双向网络改造。

实现全街道高清、互动、宽带为一体的网络布局,为丰富美丽乡村、特色精品村建设内涵,提升村民的精神文化生活品质,引导村民关注家乡建设、支持家乡建设。全面实现全街道电视高清化、宽带全民化、村域智慧化。完成了研里村的智慧化网络建设安装,让用户体验到丰富多彩的内容。对街道342户困难户和低保用户的有线电视费用实行免视听费,免安装费。对参战、优抚对象减半收取视听费等,有效地保障了全街道村民及时收听、收看国际国内重大新闻,和党中央保持一致。

△ 青山广电站全体员工,站长陈国泉(左三)(邵丽萍摄)

二、开发区时期的文化建设成就

开发区建设初期，也是文化发展最艰难时期，但青山文化历史上至今取得的最高成就也产生于这个时期。20世纪80年代后期，由于体制上变为独立核算，文化站经历了自生自灭、电影业滑坡、外来文化冲击、家庭电子音影普及等因素的影响；20世纪80年代末因联合办厂负债26万，站长辞职下海，一度处于无人管理状态。1993年2月，文化站长换人，文化站为了生存，除电影外，靠为企业、事业单位印制横幅、拉赞助搞活动等方式养活十个职工。文化站再次创业，全额负债创办"华艺楼"饭店，引进舞厅等，最终因宏观调控、银根紧缩、经营不善、自身造血功能弱等问题，两家企业都逃不出破产的厄运。在我国的体制下，文化本应该是政府投入，不是以营利为目的的单位，一旦走向自负盈亏、自生自灭的市场体系，要么很快死亡，要么走偏方向。

△ 2004年2月，青山民间艺术团首次走出国门，在法国尼斯狂欢节表演（蔡勇勤摄）

开发区建设时期，文化站的中心工作被要求转移到以宣传开发区建设，配合拆迁宣传工作、承担拆迁任务为主上来。文化站职能这块照样要完成上级的任务，但是被要求首先确保完成拆迁任务。这期间最主要的成就是：2004年2月，街道的民间艺术《八戒背媳妇》的法国尼斯国际狂欢节之行;2007年3月,朱村成为浙江省农民"种文化"活动的发起地;2007年8月,民间艺术再次走出国门;2009年11月,农民管乐团创办。

开发区建设伊始,文化站的首要任务是拍摄拆迁范围内的农户住房,用作制定政策的参考依据。开发区前期工作开始后,文化站的主要职责是做好拆迁氛围的营造,要求每天开着宣传车下村去到拆迁推进区域、工程施工区域等用大喇叭播放开发区建设的好处,要求广大群众予以配合,等等。开始是街道共青团委配合,后来是本人和吕云燕两个人每天开着面包车,带着大喇叭去发达贩、浒溪埠到坎头湾,然后沿着堤坝一直喊到江家滩。下午再去发达畈,每天如此。2003年4月,由街道党工委副书记周晓担任总编,本人任主编,吕云燕任编辑的《新青山》月刊出刊,每月发行2000份,分发到市委、市政府主要领导,相关部委办局,各村领导手中。刊物主要登载开发区发生的重要新闻,省市领导来访,工程进展情况及社会事务工作等内容。

2006年7月,街道举办开发区设立五周年庆典活动,邀请了刚参加过临安市森

△ 庆祝开发区设立五周年,锦城街道"威风锣鼓"在鹤亭街表演(单建刚摄)

博会的"华夏一绝"国内七支队伍,加上青山自己的七支民间艺术队伍,在今"翠紫苑"小区地块举行了庆典系列活动。参加活动的十四支队伍在朝西搭建的临时主席台前分别表演三分钟后,沿着"回"字形街路从石临公路开始,在老农行门口(今口袋公园)拐弯,沿天柱街行进到老供销社门口左转,然后沿青中街往南,到鹤亭大街后一直往东,一路踩街并表演到今研口村口原开发区管委会大广告牌处结束。这次活动是青山历史上规模最大的踩街活动,晚上还在活动的举办地举行了焰火施放仪式和越剧专场演出。翌日,在临安人民广场举办大型露天文艺晚会。

活动结束后,朱村的"龙腾狮跃"节目参加了在嘉兴平湖举办的浙江省"群星奖"广场舞大赛,并获得金奖。2007年3月1日,浙江日报总编杨大进在临安市委宣传部部长章燕的陪同下,来朱村调研农民开展文化活动。在调研过程中,经笔者推介,杨大进拜会了徐云悟老师,了解了详细情况后,确认以程万里、程行父子为代表的民间艺术和以徐云悟老师为代表的乒乓球传教这两项被列为朱村的传统"种文化"项目。杨大进当场定调"浙江省农民种文化活动"在朱村发起。杨大进一行接着去太湖源镇的光辉

△ 章燕(左),杨大进(中),徐云悟(右)

村调研，同日，太湖源镇光辉村也成为浙江省首批农民“种文化”活动发起地。

2007年5月初，青山湖街道得到应邀赴捷克共和国参加国际民间艺术节的机会，随即张贴广告组建民间艺术团，在全街道范围内招聘演员二十三名，教师进修学校邀请三名，随后举行为时三个月不中断的艰苦排练。为了人选，当时还发生过两次因他们喜欢的人没有被选中而要求退出组织，取回集资兴办的道具费，来文化宫排练现场

△ 本书作者(左二)在捷克共和国克鲁普济市政厅前的演出(傅贤军摄)

△ 青山民间艺术团在捷克首都布拉格老城广场舞龙(赵艺兵摄)

吵闹并拿回道具的事件。2007年8月14日至9月2日，青山民间艺术团一行三十二人(其中中国文联和中国舞蹈家协会领导两人，省文化馆[群艺馆]一人，临安市文化局一人，市文化馆两人，街道领导班子成员两人，笔者担任英语翻译兼演职员)奔赴捷克共和国。在捷克的舒贝尔克、斯坦堡、利普淘、赛丁、克鲁普基、布罗多夫、叶赛尼克、布拉格等七个城市和乡村演出了二十七场次，于9月2日离开捷克回国。这是继2004

△ 在布拉格圆满完成出访任务(Eva摄)

△ 2009年11月17日，青山管乐团宣告成立(章乐云摄)

年赴法国参加国际狂欢节以来的第二次民间艺术出国交流活动，为青山争了光！

回国以后，配合市委、市政府旅游推介活动，民间艺术团两次奔赴上海演出。而后又多次赶赴杭州吴山广场参加杭州市开展的系列活动。后因没有正式组建，缺乏后续管理，红极一时的民间艺术团随即解散。

2009年9月，根据开发区建设带来失地农民文化需求现状，文化站提议发起创办农民管乐团。经过街道领导同意后，管乐团于11月17日宣告成立。乐团由四十位失地农民组成，文化站负责管理，随即开展培训。由浙江交响乐团陈国华老师负责，来自杭州、临安的七个声部老师教学。2010年6月30日，首次担任迎宾和国歌演奏任务。同年10月30日，参加临安市森博会闭幕式行进表演。2012年2月，被评为杭州市基层文化建设示范点，同年9月和杭州爱乐乐团取得联系。这个时期也正是开发区建设向科研机构创新基地，即后来的科技城建设转型的初期。工作任务十分重，拆迁工作任务到人，“堡垒”攻不下就无法交代。作为管乐团的创办发起人，笔者在遇到管乐团排练的当晚，如果不顾乐团，只顾拆迁工作，刚刚组建的乐团就会群龙无首，乐团建设势必中断。笔者承受着这双重压力，先组织上好排练课，等下课结束后再赶赴拆迁户家中做工作，经常是要到深夜12点后才能回到自己家中。

△ 为杭州召开G20峰会拍摄宣传片，波兰摄制组来拍摄管乐团排练(单建刚摄)

△ 2001年2月10日，临安市副市长华忠林（右二）与俞金生（左一）与笔者赴杭州葛岭拜谒高信一（左二）道长。

在繁忙的工作中，文化站也不忘争取洞霄宫的恢复开发工作。1986年，元同桥被列为临安县重点文物保护单位，保护碑由本人手工书写，去临天孟家坞取石，由当地工匠雕琢而成，然后本人向企业借车将保护碑运回，立在元同桥侧。

2002年5月28日，经过文化站多年提议，位于青山中学山东侧，街道投资三十多万元的“闳俍阁”公园（笔者根据原青山中学入口处曾有“红凉亭”的谐音为亭取名）终于落成。同年6月28日，位于洞霄宫山门处的“九峰拱秀坊”吊装成功。2003年10月23日，中国道教协会副会长黄信阳一行来洞霄宫考察。2005年3月1日，余杭、临安两地文化、文物部门联合考察洞霄宫元同桥，最终达成维修意向。由余杭文保部门出资，临安文保部门出力，对元同桥进行拆解后按原样修复，工程于11月3日竣工验收。这是清代以来，第一次对元同桥的彻底翻修。

2002年10月26日，朱村村创办的岸龙舟参加杭州西湖娃哈哈国际博览会。2003年10月25日，中老年健身中心创作的《八戒背媳妇》节目参加杭州娃哈哈国际博览会，获表演、创作双金奖。2004年2月12—21日，《八戒背媳妇》节目组成员应邀赴法国尼斯参加国际狂欢节；11月3日，俄罗斯远东红旗歌舞团来青山文化宫演出，这是青山文化站迎接的第一个外国团体。2005年12月，青山湖街道被评为“全国服务农民服务基层先进集体”，中老年娱乐中心负责人杨北京赴北京领奖。2006年8月28日，临安市副市长张亚连、陈林春，文化局局长章燕赴坎头村取土现场考察开发区建设取土现场的文物挖掘工作，书面制定开发区建设施工现场文物保护条例。

△ 2002年6月28日，"九峰拱秀"坊吊装现场

◁ 图书管理员邵丽萍身兼数职

三、学校建设

1958年，青山从亭子大公社分出后，相继建造了政府办公楼、青山中学、青山中心小学（曾称东方红小学）。这3幢苏式建筑在而后的几十年中，一直被认为是青山的三大标志性建筑。

△ 拆除前的青山中学主校舍，始建于1958年

△ 拆除前的中心小学原貌，建于1958年

2002年，新一届街道办事处领导班子决定对原公社老办公楼建筑进行改装，改掉了进门的楼梯，打通了进门左右两间办公室，外墙贴上了现代式的装潢砖。2003年，又将东边原来设计用于文化宫和政府办公楼的消防塘填掉，建造三层办公楼。

2004年9月1日，教师节前夕，时任杭州市委书记王国平来青山视察教育，在参观青山中心小学和中学后，对陪同视察的教育系统领导和青山湖街道主要领导说，要好好保护这些有近五十年历史的建筑。

时至今日，中学教学楼和中心小学教学楼都因扩建相继被拆，剩下的政府机关办公楼骨架还在，但是面目已改。

位于朱村陈家岭的朱村小学，从原朱村“庙外头”小学的基础上迁移且新建不久，承担着朱村、锦里、牧家桥等地的学生就读任务，因高速公路建设被拆除。

位于塘塍地块的青山小学

因学校撤扩被撤销，后改做幼儿园用。

青山是临安境内最早开通千门程控电话的乡镇。开发区建设后，邮电和电信迅速分开经营，青山成立了邮政支局。电信营业所、广电站、银行也迅速升级以适应开发区建设需要。各村党支部书记、村长、老年协会主任专程赴太阳镇参观公墓建设，按照市里要求，一村一公墓在青山变成了一镇一公墓，选址定在胡家坟。

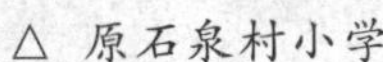

△ 原石泉村小学

△ 原朱村小学

△ 中心幼儿园进行国旗教育

四、洞霄宫争取恢复开发历程

洞霄宫在“文化大革命”中被改田造地运动、“破四旧”运动破坏了最珍贵的遗迹外，后来又被开发商破坏得更加严重。时至今日尚未得到保护开发，不等于子民们没有努力，是因为这里地处两县市交界，政策不一致，百姓思想不一致，情况较为复杂，加上种种其他原因没有成功。不管今后是否能够真正实现恢复开发，我们都应该为这几十年中的争取过程做些记录，让后人知道这条路是多么的艰辛和漫长。我们坚信总有一天，洞霄宫这块资源一定会被开发利用。2001年《临安日报》报头载：……规划中的洞霄宫景区分道教文化区、天柱山生态文化区、大涤洞汉宫坛文化区、洞穴文化区、白鹿庵休闲文化区、宋村娱乐文化区和景观房产等七大区块，规划面积8.6平方公里，总投资8955万元，到2010年建设完成，其中一期工程观光区拟于2002年国庆节前开业迎宾。实际是“昙花一现”还没“现”就夭折了。

洞霄宫的地位与价值，历史上有明确的记载，最完整最权威的当属宋元文人邓牧所著《洞霄图志》。新中国成立以后，作为土生土长的本村人，除了冯五毛（作者父亲）父子、俞金生、许圣元（已故）以外，很少有人真正去深入探究洞霄宫的历史。宗教界最有发言权的当属如今健在的葛岭住持八十五岁高龄的高信一大师，他九岁出家到洞霄宫，十六岁离开洞霄宫到杭州玉皇山修行，是到目前为止洞霄宫活着的见证人。

笔者从小到大，目睹家父不厌其烦地对外来参观的领导、学者或者游客介绍洞霄宫的历史和地位，宣传洞霄宫，争取有朝一日能恢复她的荣耀。家父对洞霄宫的了解，不仅是因为他老人家出生在洞霄宫，年轻时与高信一同村相处，常在一处玩耍，每逢过年，必定要去高信一修炼的金竹坪守岁、过年，相互很是了

△ 时任临安市委书记王坚（左前）在洞霄宫考察

△ 在临安钱王大酒店召开的座谈会

解，还因为彼时洞霄宫保留了最可贵的下大殿、上大殿（方丈）、金竹坪（高信一出家处）等遗迹。这些遗迹是他们这一代童年最深的记忆，有着不可替代的感情。

俞金生，小时候寄养于宫里村口大枫树西侧俞承宝家，读书后离家工作，官至原余杭农垦局党委书记兼场长，后退休。他热衷著述介绍洞霄宫，多有文章发表于报端。许圣元为俞金生同学，上宫里许宝林儿子，排行第六，学校读书后出去教书。家父寿终正寝之时，笔者叫来许圣元，对老人作最后一别。后将《洞霄图志》复印本交许圣元，许圣元说待《天目山传说》完成后再振作精神，撰写《洞霄宫传》。许病稍愈，即根据《洞霄图志》一书整理记述。他夫妻俩多次赴上海图书馆、杭州图书馆查阅资料，改写成传记形式。在笔者陪同下，上杭州葛岭山拜谒高信一大师，了解高师傅在洞霄宫修炼期间的逸事，形成初稿、二稿后交本人校对。从开始的80000余文字，后迅速上升到180000余字，并由笔者为该书写了序。付印后不久，许忽然谢世，时年七

△ 华中林（左）在葛岭与高信一道长商讨开发事宜

十虚岁。后临安市政协文史办再版，也算略有功劳。

1998年底，杭州师范大学周少雄教授撰写的《关于洞霄宫历史文化》一文引起有关领导的重视，经引荐后，来洞霄宫实地考察。经周推荐，笔者携《洞霄宫争取恢复开发之我见》一文，复印60份，于1999年3月11日赴武义县参加中华古生态与古文化保护研讨会。后临安市委派挂职副市长邱忠军来洞霄宫实地考察，搭建班子，争取恢复开发事宜始提到日程上来。

2000年，本市上甘乡人俞海前来洞霄宫尝试开发，毕竟实力有限，不久便无以为继。遂引退役军人夏水荣、板桥教师杜钦安等入股，意欲合力开发洞霄宫。时许圣元侄子许茂华任临安市旅游局局长，许认为不管如何，先动起来就是。于是该公司宣称3月份开工，10月份开始收门票。

2003年因资金链断裂停工后，宫里、九峰两村将开发公司告上法庭。许茂盛任书记时带病为官司奔波到死，法院下达二审判决书，2006年底开发停止。

△ 邱忠军（左四戴眼镜者）副市长在洞霄宫召开协调会

第十二章　杭氧的迁入

杭氧集团董事长蒋明多次前来开发区协商搬迁事宜。2004年6月23日下午，杭氧集团总裁蒋明一行来开发区考察，临安市市长方建生陪同。2005年1月17日，杭氧资产集团公司中层以上干部九十余人来坎头村地块考察。2005年3月23日，分管工业的副省长陈加元、杭州市副市长沈坚及杭氧有关领导一行来开发区协商杭氧搬迁后的税收上缴问题。2006年12月28日，杭氧集团新厂房开工兴建。至此，青山开发区引入的最大企业终于落户，占地面积达千亩。

△ 2005年1月17日，杭氧中层以上九十多名干部在相坞地块考察搬迁

△ 2005年12月24日，杭资企业签约仪式

△ 杭氧董事局领导在坎头村农田留念

△ 杭氧中层以上九十多名干部考察坎头村迁建项目

◁ 凤起机床厂开工典礼仪式

◁ 杭氧和苑建造前地块原貌

▷ 杭氧集团董事长蒋明(右)在考察迁建项目

◁ 杭氧和苑住宅群

第十三章　开发区建设常用概念解析

征地　开发区建设的先行工作，就是要把原本属于老百姓世代使用的土地变成开发区管委会所有，从而引进企业，再在这些土地上建造。整个征地过程相比拆迁相对容易，但是也遇到过抵抗、阻止等。尤其是征用土地款的发放属于一次性，牵涉到的矛盾非常复杂。由开发区经委退休职工黄阿华、徐小荣等进入征地组，村干部配合，下沙开发区下派干部刘小平负责。

△宫里村原农田

拆迁　最早拆迁为活龙岭老杭昱线北侧11户，接着由浒溪埠（主入口跨北大桥）、长竹垅、发达贩，戴家滩、坎头湾（村委所在地）、鲍家滩、江家滩、野猫弄、畜牧场（百日攻坚项目），石泉村的高家、肖家，逐步向青山、胜联等村推进。

△ 坎头村干部曾如富在坎头村农田

“三抢”　指在正式拆迁还未轮到前，老百姓抓紧时间抢搭建、抢装修、抢加层。老百姓的目的只有一个，想通过这三种方式，在轮到征用时获取更多赔偿。作为开发区管委会一方，只有设法动员（党员、组长、机关干部分组上门）劝阻、制止，最后甚至强制拆除。

安置　老百姓房子被征用后，开发区管委会要为老百姓提供临时居住房，按照规划建造的迁建户必须在指定的小区内建造。开始是异地集中建造法，后来改进为高层安置法。一开始有研口村民试图不按统一图纸改建。开发区规划了“五统一”要求，即层高、外观、结构、色彩、面积统一。于是在研口“幸福家园”小区发生过矛盾，最后被拆除私自改建部分，仍按照“五统一”要求建造。

规划　在青山第一期11.3平方公里范围内，按照开发区产业引进需要，实行建筑、污水处理、道路交通、强弱电配套、拆迁户安置、城市化建设需要等，由开发区管委会负责。期间，多次调整图纸，规划拆迁安置户型等。

招商　为开发区管委会工作内容。开始有法国机械设备集团、诺顿集团等世界500强企业；有杭氧、杭重、杭叉等；逐步从招商引资，转变为招商引智、选商择智等。本地天松管材、万马电缆等大型企业也选择落户青山，从而实现以装备制造业为主的开发区。

这块工作由开发区管委会专门设立招商办公室，2004年2月12日，法国机械设备集团公司、诺顿集团公司是与杭州制氧机集团有业务联系的跨国公司。由吴苗强副市

△ 2015年9月22日，首批2010—2014年拆迁的138户拆迁户开始按程序分批进行选房

△ 农民住进了城里人一样的小区

长陪同考察。2004年6月15日，诺顿公司再次来开发区考察，市长方建生陪同。

建设 开发区管委会最早的建设内容是以道路、平整土地、桥梁、用电、供水、污水处理、三水（雨水、沟渠水、地表水）处理等保障性工程建设为主。在研口自然村出来的小溪上建设导流明渠至大园码头，长竹垅小溪的封闭；浒溪埠主入口跨北大桥、污水处理厂、景观大道（今科技大道）等作为最初项目；引进企业的建设由企业自己负责。

△ 临安市副市长吴苗强（左）和法国投资公司在开发区考察

入驻企业 第一家入驻企业为远洋运动器材有限公司，董事长陈光伟。华贸服装及华兴羽绒企业属于最早进入开发区的企业。杭氧、杭叉、杭重、杭机、凤起机床等杭字头企业为最大引进企业。

△ 苕溪整治后的浒溪埠（右下）跨北大桥

中小企业创业园 外地企业相继被引进,特别是那些大型企业被引进后,本地效益好且规模大的企业被开发区圈入版图。相对较小、规模产值都不大的企业在发展上一度被忽视,甚至要求外迁。开发区范围内空间奇缺,发展受限。保护本地中小型企业的呼声日益高涨。后来在相对偏僻的坎头村石壁山西侧开辟了一块场地,供本地中小型企业迁址。

△ 科技大道蒋杨段原貌,后改建轻轨

高速公路 开发区建设期间,正值杭徽高速公路建设推进阶段,涉及白浪头、夹沙坞、朱村小学、朱村岭、井里、青山、岳山隧道口西侧等地老百姓的土地征用和房屋拆迁工作,无疑增加了青山的拆迁、安置工作量。原本69.9平方公里的青山出现了三条东西向的道路:老杭昱线、杭昱高速、科技大道。

三产兴起 开发区建设带来外地人口的大量涌入,超市、农贸市场、小宾馆、足浴店、电子游戏、艺术辅导(琴行、舞蹈班、跆拳道、书法、绘画,托管等)、种养殖业、歌舞厅、幼儿园、小作坊、小制造制作等遍地开花。

△ 建设中的翠紫苑房产项目

△ 横畈工业平台

△ 国际竹藤协会成员参观开发区企业

△ 越秀房地产集团一期、二期住宅

房产业 以杜全位翠紫苑房产为开端，带动青山鹤岭的热销；大园新城拆迁安置小区的设立，到越秀大容量、高档次房产的介入，逐步升级。西子玫瑰苑、锦绣钱塘、环青山湖房产等高档别墅遍布青山湖周围。

旅游业 从洞霄宫前期开发的失败、生态苑的转资、转型到现在，青山的旅游业发展缓慢。

横畈工业平台 临安曾经出现了青山工业园区、玲珑工业园区、横畈工业园区、高虹节能灯工业园区。省委、省政府迅速出台政策，限制一个地区只有一个开发区，其他的工业园区相继纷纷改名。横畈的工业园区建设比青山经济开发区实施早一年，但是后来发展规模受到限制。原横畈镇政府机关干部和横畈片区村民艰辛和努力开拓出一块两千多亩的工业地块，引进了一些外地企业。横畈与青山合并后，由于辖区面积扩大，两地管理机构合并，原青山湖街道办事处和开发区管委会的管理职能随即分开。

附记:

开发区首期农民拆迁工作机关干部分工表(原文)

一、总指挥:何洪明

二、活龙岭组:(7户)

组　长:周晓

副组长:陆水浪　刘晓平(挂职副主任)

组　员:王金宝　沈也清　严满全　喻金祥　叶燕华

三、浒溪埠组:(13户)

组　长:黄朝荣

副组长:凌剑波　钱春雷

组　员:卢国田　周荣跃　张瑞华　兰剑平　曲仁根

四、发达畈组:(17户)

组　长:蔡林坤

副组长:杨岚岚　郑荣根

组　员:卢其良　俞士祥　丁小千　徐　春　赵章根

五、茅草湾组(安置前期工作)天柱街2户及茅草湾填方

组　长:相铁华

副组长:林生友

组　员:梁建根　俞红卫　赵惠琴

六、宣传组:冯益民　董　勇(政策宣传)

七、后勤保障:胡友堂

注:计生办、税政组、代理中心、吕云燕、杨亚琴同志不参加拆迁工作。

青山湖街道办事处

二〇〇二年五月二十九日

拆迁工作会议(2002年5月30日下午)摘要

一、政策:前期准备工作

1. 房价确定

2. 安置房地点确定

3. 统一建造、自己建造住房问题,自建为主

4. “三通一平”(水、电、邮,道路)

墙改办争取补贴,新型墙体材料节约

二、具体:

1. 农户调查,二百多户基础材料

2. 临时安置房准备情况,化工厂宿舍

三、程序:

1. 调查合适,20%折旧率

2. 政策宣传

3. 价格推出

4. 协议签订,支付80%房屋款,交了钥匙后付20%,5天内兑清

四、宣传组有效作用,创新突破

1. 有线电视无法开通直播

2. 可以做宣传:细化政策,户户印发,安置效果图,茅草湾效果图放大

3. 下面要提供宣传信息,食堂保证。

附：临安（皮鞋工业城）经济开发区定点现场会（纪要）

2000年2月17日下午，在镇经委三楼会议室召开“临安（皮鞋工业城）经济开发区定点现场会”。临安市委书记谢春山、人大常委会主任陈法生、副市长吴苗强，及翁惠荣、杨卫伟、徐树根、张黎泽、顾福英等相关部门领导参加会议。青山镇党委书记范照宏、镇长徐云贵、副镇长相铁华等参加会议。相铁华介绍了创办工业园区设想与规划。当时青山尚有47家皮鞋厂，初步设想临安工业园区占地12.76公顷（189亩），第一期6公顷。就先期投入资金如何解决，如何建立班子、统一征地、统一办证等相关问题提交现场会讨论。后去地角畈（今开发区松友食品公司雕塑处）看现场。副市长陈柏松和水利局局长骆江潮稍迟赶到现场参加考察。在现场，陈柏松不赞成在这个地块搞开发区，因为他知道这里在1996年的“6·30”洪水期间曾全部被淹没！后开发区第一期工程仍在此地进行！

△ 皮鞋工业城定点现场会

△ 1997年春拍摄的青山全景

△ 坎头村农田

△ 坎头湾戴家滩原貌

△ 青坚水泥厂北侧，今科技城管委会所在地块

摩擦事件 2003年9月5日傍晚，街道办事处全体拆迁工作组成员、市政府下派的工作组成员全部去坎头村做拆迁动员工作。一部分机关干部去了戴家滩自然村，部分村委干部与拆迁工作人员正在村委办公室商讨工作，突然几声爆竹声后，戴家滩自然村一带一片漆黑。与此同时，在村委办公室的机关干部发现黑影中有人拿凳子砸向坐在办公室里面的街道办事处主任，机关干部迅速用手挡住，手被砸伤。全体拆迁工作组成员迅速赶往村委，只见工作组停在村委门口的几辆车被划伤或损伤，机关干部被村民围堵在村委门口操场上至凌晨2点才散开。青山派出所、临安市公安局特警赶来协调，个别参与摩擦的村民被传唤。这起事件也许是开发区建设进程中不可避免的思想摩擦的外在表现形式。

△ 机关干部每天的工作就是下村给拆迁户做思想工作

△ 2010年4月，开发区管委会部分机关干部参与科技大道拆迁工作

塞翁失马，焉知非福？这件事平息后，反而加快了拆迁的进度，村委办公室、老年活动室率先

△ 机关干部在大园组做工作

被拆除。9月30日凌晨，戴家滩61户拆迁户只剩下一户没有签订拆迁协议。到10月1日，坎头村共签订拆迁协议110户。9月10日，戴家滩党员戴山水户率先带头拆除。11月7日，坎头村第一志愿选择在相坞的5户拆迁户宅基地安置抽签顺利完成。11月9日，第一志愿选择茅草湾的35户拆迁户抽签成功。11月22日，坎头村90户拆迁户在文化宫举行宅基地安置抽签仪式。至此，戴家滩拆迁工作以圆满的结局告终。

野猫弄事件 2007年3月，位于坎头村的相坞自然组东南侧，小地名野猫弄外馒头山两处工程，属于杭州制氧机集团征用地块，由于征地和拆迁工作滞后，严重影响了企业按时进驻。为了加快供地进度，炸掉野猫弄及外馒头山小山包，需要采用大吨位的炸药量。此时，野猫弄的村民房屋尚未全部征用，位于师姑坪及相坞等保留区块的老百姓担心房屋严重受损，不肯让工程承包方以使用600吨炸药同时起爆的方式施工。于是，出现了一场人力阻止爆破事件。村民看到满山都是炸药孔害怕极了，于是相约出来阻止实施爆破。他们把国旗插到山顶上，全村青壮年都集中到施工现场阻止爆破。最后在市委、市政府下派的工作组和机关干部工作组的劝说下，终于统一实施爆破。

实施爆破时，本人站在控制起爆旋钮的师傅附近，用摄像机记录了起爆的过程。只见一根长长、细细的塑料导线一直连接到山头上所有的炸药孔；机关干部在农户家观看爆破后的损毁程度；其余的领导们都退到百米以外。施工员旋转起爆开

△ 野猫弄自然组一角

△ 野猫弄爆破现场

△ 相坞自然村改造前

△ 2013年10月28日拍摄的老杭昱公路与大园路交叉口段

△ 600吨炸药要同时起爆，漫山都是炸药孔

关,接触按钮,一串小火花迅速穿过细小的塑料管子,向山头上的炸药孔奔去。说时迟,那时快,只听到发闷的一声——“嗡”,整个山头上千个炸药孔发出的爆破力让山包四处裂开。看不清哪里先爆炸,哪里后爆炸。上千个炸药孔仿佛同时在炸裂,脚下也如轻微地震一样,抖动了几秒钟就恢复了平静。事后调查,附近老百姓的房子有一定程度的损伤,但不是很严重。野猫弄爆破后,及时推进了杭氧的落户。

许茂盛事迹　2007年3月3日,才当了两年书记的原宫里村党支部书记许茂盛因患癌症,加上积劳成疾去世,年仅四十二岁。许茂盛1965年7月出生在宫里村,1988年进村担任会计,1999年任宫里村委委员,2001年7月入党,2002年村委换届担任村委主任,2005年当选为村书记兼村委会主任,时值洞霄宫开发旅游初期。

△ 许茂盛(右)在村口种树

原宫里村有四个组——冯家庙、下宫、上宫、白鹿庵(方丈里、白鹿庵、汪家埠),有村民421人,135户,村集体经济收入为1.7万元。2007年10月和原石泉村合并,称洞霄宫村。

1999年9月—12月,本市俞海、夏水荣、杜钦安等人进入宫里村,尝试开发旅游。2002年3月,洞霄宫进入前期开发阶段,6月28日“拱秀坊”吊装成功。后转让给杭州某防伪商标印刷老板周平,其妻子葛萍进洞霄宫和夏水荣等合作,最后因资金链断裂,开发工作停止。拖欠宫里、九峰村民租费四十余万元。许茂盛为打官司,一直奔波到去世。

许茂盛去世后,街道党工委、办事处领导十分重视,上门为其举行追悼会。刚成立不久的杭州日报记者站站长管光前原本已经着手撰写有关许茂盛为争取宫里村开发旅游事业奔波事迹的文章,在许茂盛去世后重新整理撰写,以《大山深处,那一座无字的丰碑》为题,发表在2007年3月19日的《杭州日报》上,并附吴薇的评论员文章《呼唤更多的为民好书记》。许茂盛事迹报道后,迅速引起临安市委、市政府的重视,追授许茂盛“一心为民好书记”荣誉称号。3月25日,街道发布《关于开展向许茂盛同志学习活动的通知》。2007年6月28日,中共浙江省委批复中共杭州市委《关于追授许茂盛同志为浙江省优秀共产党员的请示》,同意追授许茂盛同志为浙江省优秀共产党员。

批复原文,抄录如下:

许茂盛同志生前担任临安市青山湖街道官里村党支部书记、村委会主任,因长期劳累,积劳成疾,于2007年3月3日医治无效去世,年仅42岁。许茂盛同志在担任村干部的近20年时间里,始终牢记宗旨,一心为民,踏实干事,无私奉献,把全部精力放在做好村里工作、为群众谋利益上,为村民办了大量实事好事,赢得了村民的信任和拥护。许茂盛同志用自己的实际行动树立了共产党员和新时期农村基层干部的光辉形象,不愧是我省农村基层干部的优秀典范,是共产党员的杰出代表,是实践“三个代表”重要思想和全面落实科学发展观的楷模。

△ 原宫里村党支部书记许茂盛

为表彰先进、弘扬正气,激励全省广大共产党员和农村基层干部更好地履行职责、建功立业,根据许茂盛同志的先进事迹和生前一贯表现,省委同意追授许茂盛同志为浙江省优秀共产党员。

△ 街道召开学习许茂盛动员大会

百日攻坚　2007年3月18日下午，因签约入区企业杭叉以书面形式向开发区管委会提出限时交付土地，否则退出开发区的函。开发区管委会随即召开“重点项目推进紧急会议”，“百日攻坚”活动拉开序幕，提出：从会议结束日起，至7月25日，限时100天将外馒头山、王家山等挖下来的土方设法转移到附近地块。

△“百日攻坚”取土现场一角

于是，附近能用来填埋土方的池塘沙滩，包括像乌龟墩（水库大坝下三角地带原属青山、桥头、研里等村的旱地）这样大的地块都用来堆放土石方。

挖方现场，场面宏大，300万方土石方，三十多台挖掘机，五百多辆工程车同时作业，口号是：“不惜一切经济代价，攻下王家山，不让杭叉项目流产。”

拆迁任务不能按时完成，就只有一个办法，加班加点，白天黑夜轮流转。白天拆迁户要上班，工作组就晚上去。拆迁户周末有休息，工作组就周末上门。于是就出现了无论春夏秋冬，“五加二”，没有休息天，“白加黑”，也就没有了上下班时间。目标只有一个：一切为了拆迁，为了拆迁的一切！作为一个杭资项目，引进工作已经十分不易，在这一百天里，拼着命也要拿下这两个地块的拆迁及挖方任务，否则只有让“到手的大鱼”甩尾而去！一边是机关干部没日没夜地进村入户做拆迁工作，一边是王家山上炮声隆隆，那场面犹如一场战役，数不清、

△ 机关干部冬天晚上在大园拆迁户家中做工作

看不到边的工程机械、运输车辆二十四小时不停机，目标对准王家山。油车头的池塘，塘塍区块的农田、鱼塘、水库大坝下北侧的乌龟墩，一切可以用来填方的地方先拿来解决填方问题。一句话：填了再说！大型运输车辆穿行于工地周围的所有道路，这段时间内几乎整个青山开发区内尘土遮天蔽日！

△ 浙江省科研机构创新基地(科技城)奠基仪式现场

开发区建设的转型 因著者当时只负责摄影、摄像，对科研机构创新基地的提出、确立、创建过程不甚了解，谨以大事记的方式记录这个形成的过程，供读者查阅和参考。

2009年6月24日，科技部政策法规司司长梅永红来科创基地调研。7月2日，科创基地项目建议书在中都大酒店举行了论证会。7月30日，清华大学所属企业来青山科创基地考察。8月4日，有十五家科研单位计划入驻科创基地，临安市市长王宏、市政协主席张金良调研了科创基地建设。8月6日，美国佐治亚大学考察团一行来科创基地，9月14日，西安交通大学校长郑南宁院士一行来考察科创基地。11月16日，副省长金德水视察科创基地。11月20日，省委书记赵洪祝、杭州市委书记王国平一行视察科创基地。11月30日，浙江省科研机构创新基地揭牌，省委书记赵洪祝、省长吕祖善授牌，同时举行了奠基仪式。后相继有48家科研机构逐步入驻青山。

△ 科创基地建设动员大会现场

▷ 2009 年 11 月 30 日，科研机构创新基地奠基授牌仪式

◁ 南都能源（电池）项目开业庆典仪式

▷ 街道领导在横畈工业平台现场

第十四章　故事六则

一、从正宗“青山皮鞋”，看另一类污染

△ 临安广场路某皮鞋销售店

“走过路过，不要错过，正宗青山皮鞋，原价××元，现价××元！”漫步锦城街头，常常会被那一遍又一遍从录音机里发出的叫卖声弄得无所适从。

了解青山皮鞋产销情况的业内人士都清楚，青山是我市乡镇企业比较发达的地区，皮鞋生产已有近二十年历史，早已成为青山的拳头企业之一。目前已发展到四十余家个私皮鞋加工生产厂家，年上缴国家税收近三十万元，并以其优良的质地畅销于苏浙沪皖地区。由于产销形势两旺，生产厂家只顾埋头生产，还没有认识到应组成强有力的行业联合会来打假维权，品牌创建意识淡薄；另一方面，了解青山皮鞋质量的人不可能跑到这种商店去买所谓的“正宗青山皮鞋”。工商管理部门当然更清楚这些不可能是青山的主流长效产品，充其量是些过时淘汰货。其次，青山是个地域名称，“正宗青山皮鞋”并不能证明这皮鞋是青山哪家皮鞋厂生产的产品，即使标明“美奇特”皮鞋，顾客也会问下自己为什么“美奇特”要生产这种原价180元现价30元的产品。再次，在这种以录音机加音响代替人工不

厌其烦地高声叫卖的情况下,并不见得这些商家门庭若市,这足以证明绝大多数顾客的"免疫力"还是较强,足以明辨是非。更为重要的是,除"美奇特"等少数厂家以自己的品牌始终一直艰苦地创建市场、占领市场外,绝大多数生产厂家主要还是挂靠上海等一些外地品牌挤占市场,自己优秀的生产水平只能"为他人作嫁衣裳",还没有认识到尽早以自己的品牌来占领市场。这无疑让一些经商者们钻了空子。

在这种厂家不管、工商部门不睬、顾客又不信的情况下,只剩下邻店的烦恼、对街的愤怒、过路顾客的不理和明白人的不解,不仅误导消费,混淆视听,更严重的是既破坏了青山和青山皮鞋加工行业的整体形象,又严重地污染了临安的文明经商环境及文明城市形象的创建。

我们是否可以借鉴国内外许多文明城市控制噪声污染、规范经商行为的好办法,来规范我市的经商行为、减少这种污染呢?如果任其无序发展下去,则卖音像制品的人可以把大功率的音响设备放到店门外炫耀,舞厅经营者可以叫走在街上的行人跳迪斯科,临安还有什么文明可言?

笔者衷心希望有关部门关注这一现象,设法控制这类污染泛滥,规范这类经商行为,对于维护生产、消费者权益与创建文明城市可以收到一举多得的效果。同时更希望我们的生产厂家在如何创建自己品牌上做好文章,下点功夫。

1998年8月

二、张志煜一家的变迁

2002年3月23日,因"浙江省临安经济开发区"建设规划需要,要求对规划拆迁第一期区域内的农户现状拍摄照片资料,用于研究拆迁安置政策。我和张劲虎分头去研口、石泉、坎头村挨家挨户拍摄。在坎头村四组,拍摄到村民张志煜夫妇的家时,看到他家住的还是草房,了解到这当中还有一段不平凡的故事,随即为张志煜夫妇拍摄了这张照片。

△ 张志煜夫妇在旧居前合影

听说张志煜平时以卖菜为主，换点小钱，喜欢喝酒，妻子沈美仙虽然有语言障碍，但人很聪明。

张志煜的儿子曾娶本地锦里村某女为妻，恋爱时因家境差，遭到女方家长的竭力反对。后女方态度坚决，嫁给了张家，生有一子，日子艰苦，但夫妻非常恩爱。据村民反映。平时买个大饼，夫妻都分着吃！夫妻恩爱在村里传为佳话。1996年6月30日，本地发生洪水，草屋被淹没达一米半多深，妻子终于无法忍受家中贫困至极的凄惨景象而离开，留下一个只有两岁的儿子。张家儿子后来外出打工，希望有一天能够通过自己的努力建造起一座像样的房子，培养儿子及告慰亡妻。

前往拍摄时，我先用摄像机记录下屋内的景象。墙是沙石混合砌成，约有三米高，房顶盖的是稻草。墙的基础大概不足一百平方米，留有一条洪水淹没过的痕迹。张的儿子常年在外打工，除了张志煜夫妇睡觉的地方外，屋内杂七杂八堆满了各种建筑材料，看得出张家已经在准备造房子了。拍摄时小孩不在，邻居有两个老太见我们要拍摄，就围过来看热闹。出于职业反应，我打算好好给他们夫妻拍张合影，以后可以跟踪拍摄。

△ 2003年5月4日，张家在临时过渡房留念

2002年11月,由于开发区征地的需要,村民一下子"富裕"了起来,张家的房子被征用但赔偿金非常有限,必须按规划及时搬迁。张的儿子在本市的高虹镇打工,结识了来自湖南的打工妹,两人相爱了！迫切希望有个家的张家儿子向村委提出了建造临时房子以用于结婚的决定。村委根据他的特殊情况,同意他临时建房,于是张家盖起了三间平房。2003年5月4日,张家儿子在还没有来得及干透的房子里结婚了。知道这个信息后,我再次前往拍摄,房子虽然简单,看得出张的儿子是开心的,屋内洋溢着热烈的婚庆气氛,我第一次拍到完整的家庭成员。

2005年,张家终于搬进了开发区的规划建设区域——幸福家园(俗称茅草湾),住进了新建的别墅。由于新家要求按照统一规划别墅式建造,张家用光了土地征用款,张家儿子还得继续外出打工,我们的故事就暂时告一段落。

△ 张家在茅草湾幸福家园新居前留念

2009年1月28日,正月初九的上午,我第三次去张家拍摄,看到门口停着一辆轿车。张志煜告诉我,他儿子陪老婆去湖南过年,昨晚很迟才回来,我只好在门外等待。过了一个小时后,张志煜叫醒了儿子,才知道他凌晨两点半刚从湖南老婆家拜年回来,老婆还在睡觉。于是我再次为他一家三口拍摄了这张照片,听说他在高虹的节能灯厂里干得非常不错,已经是一位重量级人物。村民告诉我,他非常聪敏,在节能灯厂里是经理。几年干下来自己想抽身单独办厂,据说设备都已经买来了。后来他发觉市场不对劲，赶紧变卖设备，重新回厂工作。老板很看重他，将自己的车子低价卖给他，他才有了这辆车。

跟踪拍摄这种题材的照片有一定的难度。从拍摄者来说，这是非常难得的题材，很适合跟踪拍摄。尤其是草屋，在当时条件下已经属于凤毛麟角，附近已经难以找到。从被摄者的角度来说，这样的家境条件谁都会觉得自己脸上没有光彩，尤其是儿媳，不愿意配合拍摄也在情理之中。不管怎样，在先后八年的时间里，张家还是能够积极配合我的拍摄。这组照片比较典型地反映了当时条件下，开发区建设中那些先天条件不是很好，又不得不按照开发区统一标准来建造新的住宅的村民情况，除了将土地征用款用于新建住宅外，他们没有别的资金来源，在一定程度上给这样的家庭带来了极大的经济压力。本人希望通过这组照片，让张家牢记自己的过去，珍惜生活中的点点滴滴，在追求美好生活的道路上越走越远。

三、深刻的记忆

青山省级经济开发区建设进行到第二年，也就是2003年，大面积、大批量的拆迁工作在坎头村铺开。我和吕云燕的主要工作是负责开车下村宣传开发区建设，张贴标语。宣传内容包括动员拆迁，为什么要建设开发区，需要老百姓怎样的理解和支持等，目的是营造氛围。

△ 坎头村拆除现场

开车去坎头村宣传拆迁动员，我们设计好的线路是从活龙岭开始，过东航大桥进入坎头村，沿着茗溪河堤往西，到姜家滩组沿路播放高音喇叭宣传，然后经轧钢厂返回。记得云燕在读大学时普通话水平是播音二级，非常标准。我们每天录制好宣传稿，上午或者下午出发宣传，有时候选择在集镇最热闹的地方播放广播稿。那时候，她刚刚考取驾驶证，有时候我会让她试着在复杂、狭窄的河堤上开一段，好锻炼她的胆量。我们的面包车车顶安装两个老式的50瓦高音大喇叭，车上载着两个12伏特的大电瓶，这样可以巡回播放一天。

2003年的5月30日上午，我和云燕照例开车去坎头村宣传。当车子路过村口操场前时，因为操场上有几个人在，绕过人群时车子开得很慢。忽然我听到"嘣"的一声，车子也有震动感，以为撞到什么东西了，但是脑子里想着自己没有撞到石头的可能，更不可能撞到人，于是下车检查。发现除了附近有几个人外，车子没有撞到任何东西，更不会撞到人，车子也看不出受损的样子。这声音是哪里来的？自问自答地上车，关好门刚要发动，突然又是"嘣"的一声。这次看清楚了，原来是一个壮实的四十来岁的男人，是他用拳头在砸我的车门！

我摇下窗玻璃，问他为什么砸我的车。他骂骂咧咧地说："放什么喇叭，吵死了！不要你们来村里，给我滚出去！"我打开车门，下车和他理论。我说："为什么不要我们来村里宣传，这里都要拆迁了！"不由我再分辩，那人扬起右手一拳向我打来，力气和砸车时一样的猛。我下意识地用左手接住他的右拳，同时抓住了他的腕关节；接着他的左手又是一拳打过来，我立马用右手接住他的左关节。我的两手同时牢牢地抓住他的双手，并且用力将他的手向左右两边分开，无意中马步也扎了下去，做好了进一步反击其他行动的准备，但是理智告诉我不到万不得已，我不能出手。云燕在旁边看得发抖了，急着扯我的衣服想把我拉开。这时候，人群中走过来村老年协会主任万春伯，我认识他。他走到我耳边轻轻地告诉我说："冯老师，不要和这个人搞。他是个拖拉机手，他的头部在石灰厂装石灰时，被窑顶掉下来的石块砸出过一个洞，头上少一块骨头，脑子受过伤害，间歇性要发作的。"我想马上松手，但是我还是防着他，没有敢轻易松手。忽然，一个老太太抱着拳向我告饶："同志哎，求求你不要和我儿子打，他有病。求求你放了他，要不我给你下跪。"这下我有点慌了，马上松开了双手，扭头想上车。忽然，那人又从地上捡起一块砖，猛地向我砸来。这时候我没防备，砖块就砸中了我的左胸，十多厘米长的一条血印马上就渗出衬衫外面。要不是万生伯的提醒，差点激起我和他打斗一场。想想自己也是一个共产党员，又是机关干部，代表了政府形象，开发区宣传工作在即，不能坏了影响，只好忍气吞声，上车走人。

△ 原坎头村东航大桥

在青山工作的三十多年里，特别是开发区建设时期，宣传工作不被人理解。受人谩骂、围攻，被人砸过、踢过，新衣服被撕破，摄像机被砸过多次，我都经历过。为了宣传工作又必须冲在前面。再不被人理解，你也是机关干部，更何况还是共产党员。特别是2003年4月底《新青山》月刊创刊，我和云燕两个人要自己采写稿子，自己编撰，白天黑夜地加班加点，每月按时出刊2000份，还要自己负责分发，上送到各级领导及部委办局。我则脖子上挂着照相机和摄像机，随时、准时奔赴第一线，拍摄省市领导来访、外地组团来参观，还要完成自己分内的拆迁任务。文化工作是我的主责，也不能落下。2004年的民间艺术法国尼斯狂欢节演出前的组团和辅导，2007年3月全省农民“种文化”活动的发起，2007年8月民间艺术团的捷克之行带团演出等，无不凝聚着一个基层文化工作者的艰苦付出。那时候青山湖街道的工作最繁忙，但是成绩也最辉煌。由机关干部组成的十个拆迁工作小组，每天要进村入户做思想工作，“星期六保证不休息，星期天休息不保证”“五加二、白加黑”。我和全体机关干部一道白天黑夜连轴转，还要负责及时拍摄和收集工作中发生的情况和信息，以便编写稿子，确保《新青山》下一个月的按时刊出，让关注青山开发区进展的上级领导和社会各界及时了解情况。

四、绿水与青山的纠缠

我生长在青山的山沟里，工作在青山水库大坝下面的青山集镇上，发觉水和青山互利共生，已经绵延了几千年之久！

我的血地是洞霄宫，很小的时候就听父辈述说关于“观音借水”的故事。说本来小康王（赵构）打算来宫里登基，但是一看周围只有千军万马的柴，没有千军万马的水，于是掉头出去了。观音菩萨听到这个消息后赶紧从隔壁的白泥山借来清泉，但是非常遗憾，小康王不再回头了。这个故事至今还在洞霄宫传说着。还有汉武帝刘彻（公元前108年）来大涤洞投龙简祈福的记载，北宋大诗人苏东坡在洞霄宫题诗的“翠蛟亭”遗址等。汉武帝投龙简祈福的大涤洞里面“深不见底，唯闻朗朗水声”。苏东坡当年来洞霄宫看到的景象是“亭下流泉翠蛟舞，洞中飞鼠白鸢翻。长松怪石宜霜鬓，不用金丹苦驻颜”。每当我站在“翠蛟亭”遗址上，总会怀念苏东坡题诗时的场景。

△ 2009年8月12日，市水利局局长戚永祥查看东航大桥行洪情况

父亲曾经画过一幅画，名叫“山高水长”，挂在家中的墙上，当时我不懂什么意思。有一次发大水，在自家对面的生产队仓库里养蚕的妈妈因为水太大，没法越过仅有两米宽的小溪回家吃饭，我只好用晾衣竿叉着饭篮给我妈妈送饭。于是我问父亲，村山沟不深，集雨面积也不大，为什么有这么大的水，他说：“山高水长。”

参加劳动后，每年都要为村里的农田受淹而伤透脑筋。我村的农田位于汪家埠（今富沃德企业地块），一个海拔只有九米的地方，以前几乎每年6、7月份都要受淹，其中1996年6月30号的洪水特别严重，一个多月多次受淹，反复种了三次的秧苗都因为被水长时间浸泡而腐烂。

△ 位于“八亩滩”的沙场

“6·30”洪水时，从骆家滩翻坝进来以及汪家埠地段从苕溪倒灌进来的洪水，使得大半个青山陷于一片汪洋之中！一眼望去，从蒋杨啤酒厂以东到汪家埠以西一带全部成了汪洋！我用手中的摄像机和照相机拍摄记录了那一次洪灾的受淹场面。那次青山水库大坝的洪峰高程已达到33.86米的历史最高水位。走在由泥石垒成的大坝上，大坝内的水平面已经高出青山集镇几十米，那种摇摇欲坠、随时可能崩塌的感觉让人十分恐惧。那天夜里，青山、蒋杨、坎头村一带老百姓已经产生了恐慌，不少人开始往外搬运财产，场面一度几乎失控。好在镇里已经开通了有线电视，我和镇主要领导通宵镇守在电视直播室，我负责视频直播设备，领导及时通报汛情、安定民心，才不至于产生更大的混乱。

△ 改造后的青山水库大坝

青山虽然说是个小镇，但是她在任何时期的发展与变化无时不和青山水库的安危息息相关。1958年开始建造青山水库，1959年和1969年曾两次提出疏浚青山水库下游至余杭交界处的8公里河道。1961年水库建成后，苕溪下游相对稳定。1985年12月20日，浒溪埠“青山航道开发工程”恢复上马并举行了动工仪式，1997年4月完工。在浒溪埠地段和余杭的乌龙涧之间建起了船闸，大园地段又建造了码头，苕溪青山航道正式进入泊位在150吨级的通航时期。航道码头后来因开发区建设废弃。

1987年水库溢洪道拓宽工程开挖，由原来的五孔变成了10孔，加大了泄洪量，对下游河道带来了新的威胁。苕溪青山段的改造因开发区建设的推进而迫在眉睫，2003年8月29号“水库下游河道整治工程”在浒溪埠举行了开工仪式，从青山水库大坝下到浒溪埠地段，5公里长的苕溪首次被改造，改造工程共投资三千六百余万元。2005—2006年浒溪埠至汪家埠2.5公里河段进入维修，总投资2400万元。经过整治，青山境内的8公里古苕溪，改建成了底宽50米、面宽80～100米、两岸堤坝顶面宽达5米的河道。堤坝底层一级坝为干砌块石护堤，高5.5～8米，二级坝高近10米，并在二级坝上种植绿化、美化的景观带，可以抵挡五十年一遇的洪水。经过多次维修和加固，青山水库大坝现在变成了老百姓锻炼身体和纳凉的好去处。

每逢汛期，历届浙江省委书记、省长，杭州市主要领导等都要前来青山水库审视汛情，因为青山水库事关杭嘉湖一带老百姓的安全，我拍摄过的领导就有张德江、蔡奇、柴松岳、王永民等。记得80年代初期，非洲三十六个国家的总统也曾来参

△ 2009年3月12日植树节，省、市领导在苕溪东环路北植树

观过青山水库。我在青山工作了三十四年，也曾多次亲历了水库大坝的拓宽和加固，也亲历过险情的发生和发展。

在苕溪河道沿岸，本来仅有老青山与蒋杨杨家渡的老铁桥（至今仍在使用），位于中间坎头村戴家滩与浒溪埠一直使用渡船作为主要交通手段。1976年，青山公社在骆家滩改溪造田，才在大园建造了青山桥。后来坎头村建造了东航大桥，才结束了摆渡的历史。开发区管委会在东环路至相坞地段，浒溪埠地段，大园路地段，六份头、石临公路北侧等相继建造了五座大桥，整个开发区内交通框架基本成型。越秀房产进入开发区后，政府相继在沿苕溪北侧浒溪埠至青山大桥地段对河道进行了高档次的绿化，现在的苕溪北侧滨河路已经变成景色优美的休闲长廊。

开发区建设十五年过去了，老百姓在说，开发区建设最大的功劳之一，莫过于对苕溪的治理，过去洪水肆虐的苕溪，现已成为秀丽的水上景观带。

2017年7月13日于锦城

（见《今日临安》2017.12.20 第5页）

科技大道北侧大园组原貌

五、一块西瓜

老谢拖着疲惫的身躯,手里拿着那块西瓜追出门外,坚持要我吃了再走。我说谢了,不用了。老谢说:“嘎(这么)点面子总要给我吧?”已经走出门外三四米了,我立即折返,答应了他的要求,接过老谢手中的西瓜,举着它钻进黑夜里等着我的车里。车子到达单位门口,下来以后我端详了一下这块西瓜,才开始吃它。

△ 大园路南侧拆迁前

没去浙江医院之前,我不知道老谢是谁。原来他是我们组的征地动员工作对象户,因心脏不好在浙江医院开刀。我们科的两位科长邀我一道去浙江医院看望老谢一下,我们才有机会在病床上看到了胸口对中竖排着大约三十厘米长的刀疤,刚刚基本恢复行动的老谢。原来当年(1984年)建造文化宫时我们就认识,他当时在做泥水工,只是一直不知道他叫谢阿火。他老婆向我们介绍了阿火是如何被“开膛破腹”,把心脏拿出体外进行处理然后再放回体内等手术的经过,并一再感谢高科技的进步把她丈夫从死亡线上拉回到人生。我和老谢说他已经是第二世做人,希望他要珍惜今后的人生。

出院以后，我曾和科长们去过他家一次，可惜没碰上，家人说他出去散步去了，或者是检查身体去了。

迫于任务，昨天晚上我和科长及另一位科室人员再次登门造访，这时距老谢出院还不到十天。离老谢家门口不远时，就看到楼上房间的灯亮着，估计老谢这时已经上床了。他的外孙女见到有人来，就大声地叫道："爷爷，有人来了！"老谢披着衣服走到走廊边，恰巧我在道场地上向上寻找着他。看到我在下面，他似乎并不想下楼，说衣服都已经脱了。我坚持说下来坐会吧，难得的。过了一会儿，老谢重新穿好了衣服下楼了。大热天我们只穿了一件短袖衬衣，而羸弱的老谢里面穿的是一件毛线衣，外面还套着皮夹克。

因为他还在术后恢复期，且我也亲眼看到过他的伤口是如此之大，我们自然不好意思和他聊拆迁、征地的事，以免引起他的不适。又因为是第一次在术后到他家，凭着以前的熟悉，我仔细询问了他的过去习惯，有否家族遗传史，现在的恢复方法、措施，饮食情况以及术后反应、医保赔付等。见他思路清晰，语速正常，回答提问的语气丝毫看不出是一个刚经历过生死两重天的术后重病人的味道，聊天进行得还比较顺利。

分管领导潘乔仙的进来，才使话题进入了实质性的阶段。我也不回避，直接接过了话题，向老谢了解农户最关心的问题是什么。他们虽然不知道如何表达"皮之不存，毛将焉附"这句话的道理，但是也深深知道仅有的三百多亩旱地对这个村的重要性。眼见得世代祖居的活命田早就被征用光了，现在轮到仅有的旱地也要被征用，再有多少大的道理也不用向他们解释，依靠种地谋生的老百姓深知土地危机有多重！

△ 机关干部深夜在拆迁工作汇总现场

"我不是当官的，用不着我去考虑别人怎么样。我家的房子你们都看到了，再有怎么好的关系也最多能评上二十来万，用这点钱我怎么去造新房子？更不用说装潢。但是在现在的房子里，我今年也六十三岁了，即使活到我死去，也还是可以居住的。”这是老谢的实话，他的语调变得有点激动起来。

一个邻居进来，气氛变得有点紧张。“我想来看看，是谁在这里吵。我老表是个重病人啊，你们不要来打扰他好不好？”看到我在，那人也就不大声了。我说：“你放心，我不会让老谢生气的。”老谢接过话题说：“老冯不要紧，我们一直来都很熟悉，我姐姐在政府里当计生办主任时，他们关系都很好。我外孙女都已经十三岁了，十三年前老冯还为我女儿结婚一事写过请帖。那时为了把请帖写得体面些，我姐姐叫老冯帮忙写的。”听到这话，科长和我都惊呆了，这都是什么时候的事啊？我压根就记不起有过那么一回事了，可老谢却记得那么清楚！

老谢的老婆锻炼身体回来了，看到我们在，一会儿忙泡茶，一回又拿出了一个刚买来的西瓜分发给我们大家。习惯于喝热茶时不同时吃生冷食的我婉言谢绝了，把西瓜放在桌子上，继续聊我们的。

时间大约过了一个多小时了，我和科长说，时候不早了，想必今天老谢也累了，我们也该回单位了，大家于是起身道别！

2012年4月30日

△ 青山湖街道办事处前的太平区块原貌

六、我的拆迁户——卢银才

依稀记得是在2011年的5月份，街道的第一批拆迁任务分配了。根据组织安排，我带队的小组，分到了胜联孟家、横塘九户人家，其中一户叫卢银才。

从拿到手的拆迁户资料上了解到卢银才已近八十岁了，平时就和老伴两人在家，子女都不在身边。有时候晚上去得太迟，担心老人睡了，就不打扰了，第二天一早才去上门。

为了加快工作进度，无论是在周一至周五工作日还是周末，我们工作小组都会主动去胜联村找到拆迁户。6月的一天上午，才9点多，气温已经升得很高，即使坐在办公室里也是大汗淋漓，换作谁也不情愿顶着个烈日上门。但是所有的工作小组都是一样，在那个时候，“5+2，白+黑”就是一种工作常态，也更不分晴天还是雨天了。我们小组工作人员一起来到了位于胜联村孟家（横塘）组，转了好几个弯才摸到了卢银才的家门口，转弯处的三株硕大的柿子树着实让人记忆深刻，也就是因为它，让我在以后的几次上门走访中轻而易举地找到了老卢的家。

离柿子树几米便是老卢的房子。一扇铁门始终关着，在喊了几声后，才有一位步履蹒跚的老太太出来打开铁门，我们说明了身份和来意，老人带着我们工作组人员进了她家的正门大厅。

老太太给我们泡了茶，招呼我们坐下。望着大厅的四周，正中间四平八稳着放着一张八仙桌，桌子的正前方挂着一幅贺寿的对联。大厅的左侧一张老得不能再老的竹靠椅，头枕处还绑着一个棉枕，想必是老人经常躺在这儿休息的。几分钟的样子，见到一位满头银发、驼着背的老人扶着墙角走了出来，我想应该就是房子的主人——卢银才了。

从老人走路的样子来看，不是很方便，我立即迎了上去，扶着老人，一直搀扶到躺椅坐下，我才回到了自己的位子上。老人告诉我，他就是卢银才，现在和老太婆两个人住在这房子里，家里四五个子女都不回来，这房子对半开分给了两个儿子，大儿子卢××在临安上班（城管局），小子儿卢××在杭州。老人说打小就在这儿生活，对这里很有感情，熟悉这里的每寸土地。

因为交谈过程中发现老人身体不便，偶有失聪的情况。我拿着政策材料走到他坐着的躺椅前蹲下，向他讲解这次拆迁的政策。因为老人眼睛昏花，无法看清纸质材料上的文字，我便逐字读给他听，直到他搞清什么是拆迁，为什么拆迁，怎么拆迁，把复杂的整个过程讲得简单明白。也许是看到我这样蹲着比较辛苦，老太太拿了一条凳子给我，示意我坐着聊天，我欣然接受并继续回答老卢提出的各种有关拆迁的问题。在攀谈过程中，老卢语调缓慢，我放慢语速，讲得很慢，他也听得很辛苦。但是，在我们整个聊天的过程，似乎是轻松快乐的，因为我在谈拆迁的时候，时常会把唠家常当作其中的一个话题，时而聊聊乡愁，时而谈谈回忆，时而又提醒好老人照顾好自己。一个多小时的交流，转眼工夫就结束了。老卢片刻的沉默，让我开始担心，在拆迁后他和老伴临时安顿在哪里？儿女不在身边，老人行动又不便，顿时感觉他们担心的是会不会失去了依靠。

结束之际，我把小凳子放到了墙角边，又和老卢握手告别。我们起身走到屋外院子里，老太太在摆弄着晒了一地的农作物，起身也和我们道别。老卢也慢慢扶着墙走了出来。担心老人不便，我又回头示意老卢不用送了，两位老人一直目送着我们工作组成员走出他家的铁门。

拆迁的时间就这样持续了一年……直到第二年的七八月，老卢的房子最终由他两个儿子分别签了约。胜联村横塘、孟家的拆迁工作虽然结束了，但我依然惦记着老卢的去向。

2013年的2月初，街道办事处组织慰问胜联村的拆迁户，当然，老卢也成了我慰问的对象。几经周折，终于得知老卢住在蒋杨村太平他女儿家中。我带着慰问品送到他女儿家，看到了坐在轮椅上的老卢，比前些时候又老了许多，腿脚也更不方便了，终日要人服侍。老卢还记得我，只是这次没有说话，朝我点了点头。我握了握老人的手，把新年的祝福送到。

（张　丹）

△ 街道机关干部张丹(右)在做拆迁工作

△ 作者在创作《青山赋》

第十五章　青山赋

冯 益 民

天有八柱，三在中国，洞霄一也，地望之巅①！汉武祭神，元丰设坛②。大涤尘心③，祈福龙筒。国教鼎盛，钟磬声远④。帝王驻跸⑤，文骚题玩⑥。宰执提举⑦，仙道梦圆⑧。仁宗钦定⑨，天下名山⑩！洞天福地⑪，世代相传。

苍莽天目，奔骧东方。蓦然回首，青山出焉⑫！琴鹤和治，公姆对逴⑬。锦潭鱼跃，苕溪水涨⑭。唐设街肆，商贾八方⑮。山川俊美，钟灵毓秀。南称灵凤，北唤谷仓⑯。地占吴越，民风纯良。百姓敦朴，子孙安康。躬耕乐处，蛰居一方。

岁历洪荒，史经扫荡⑰。感谢党恩，一朝解放。扬眉吐气，自立图强。坝锁蛟龙，鱼跃鹤乡⑱。府设新村，雄起东方⑲。一代乡贤，率行改闯。石煤致富，黄沙沪杭。皮鞋远销，美酒飘香。水泥盘固，钢花绽放。石头变宝，茶叶闻香⑳。富而思进，勇士领航。世纪更替，蓝图畅想㉑。

高歌一曲，天翻地覆：给我寸土，还城一座㉒！地供开发，沟渠成路。田征房迁，村并杂除㉓。车来船往，笛鸣哨呼。桥跨梁挺，线横杆竖㉔。山移池填，厂建厦矗。

新规更迭，选商择主。人才广进，产品层出。装备齐聚，制造各殊。青壮行商，老大享福。行走高速，住居云屋。房产崛起，别墅遍布。家轿崭异，颜开笑逐。城靓村美，三产飞速。干群合力，八方辅佐。十年巨变，成就瞩目。

高教进村㉕，轻轨在卧。文化播种㉖，民艺出国㉗。家风续传㉘，礼堂化活㉙。强音我奏，大章我作㉚。科技兴市，前景广阔。民心所向，勠力同烁。政通人和，宏图再硕㉛。

---

①见钱镠《天柱观记》//陆游《洞霄宫碑》"天有八柱，其三在中国，一在舒州、一在寿阳，洎今在余杭（汉以前临安不设县，洞霄宫以前记载在余杭）者，皆是也"。

②汉武帝元丰三年（公元前108年）设坛于大涤洞前，投龙简为祈福之所。（《词源·洞霄宫》）

③大涤山，《云笈七签》列为道教36洞天之一，名曰：天盖涤玄洞天。大可洗涤尘心之意。

④洞霄宫肇于汉，兴于唐，至宋代，道教达到鼎盛时期。有度牒300道，楼台55座18斋。

⑤据载，赵构曾率太后、皇后在洞霄宫"驻跸累日"，亲书《度人经》。

⑥孟浩然、柳公权、苏东坡、陆游等大文豪都曾游历洞霄宫，并留下题咏。

⑦"凡宰执大臣之去位者，皆以提举洞霄宫"，宋代提举（退休奉养）制度是一种创举。在洞霄宫接受提举的丞相和大臣多达114位。

⑧自东汉至清代，葛洪、孙思邈、唐子霞、贝大钦等多少神仙、高道曾修炼于洞霄宫。

⑨宋仁宗天圣四年（1026）"诏道院祥定天下名山洞府"，洞霄宫名列第五。

⑩理宗皇帝曾亲笔御书"天下名山"。宋时有"天下名山"坊立于项家头，今废。

⑪理宗皇帝亲笔御书"洞天福地"。题见方丈（山门口）左"洞天"，右"福地"。

⑫青山属于天目山系尾部。

⑬琴山、鹤山、公山、姆山都是今水库大坝两侧山名，相传因北宋丞相赵抃来过而闻名。赵抃出门，坐骑左右常携琴、鹤而行，以"无为而治"闻名。赵抃曾三度治杭（1060，1070，1077）有功，与辩才、苏轼等为好友。

⑭"锦潭鱼跃""苕溪水涨"，乾隆时临安十景之二。"锦潭"俗称"石炮潭"，位于丁山脚下。

⑮据载，老青山唐时即有街坊和茶肆，是个水陆码头。古道经青山至临安、安徽。

⑯乾隆《临安县志》载，历史上青山南面一带称"灵凤乡"，北面称"谷仓乡"。

⑰民国廿六年（1937）前后，日本鬼子多次在青山地区实行烧杀抢掠。

⑱青山水库建于1958—1961年。建成后，鹤山乡、亭子乡、五柳乡皆为淹没区。

⑲1960年大公社分开，青山公社办公大楼设立于新村，至今一直被认为是临安的桥头堡。

⑳以上为乡镇企业发达时期青山出现的行业龙头企业。

㉑2000年，青山镇提出创办"皮鞋工业城"设想，后逐步改成青山省级经济开发区。

㉒开发区建设初期口号：人民给我一方土，我还人民一座城。"寸"，比喻寸土寸金。

㉓2007年开展的村级撤扩并工作，原青山16个行政村撤并成9个。

㉔开发区建设的杆线迁移工作，涉及用电、电信、广电等设施的光缆迁移等工作。

以上为开发区建设时期：征地、拆迁、安置，招商、规划、建设六大系列工作及变化。

㉕此处有两层意思：一是电子科技大学进驻胜联村，二是成人教育针对村民进修开放。

㉖2007年3月1日，浙江省农民“种文化”活动在青山湖街道朱村村率先发起。

㉗2004年2月，“八戒背媳妇”出访法国，2007年8月青山民间艺术团再次出访捷克。

㉘2014年，全市开始推荐“好家风”家庭及家训，举行“好家风”表彰活动，影响全国。

㉙文化礼堂建设始于2011年下半年，全市招聘专职宣传文化员，开展村级文化活动。

㉚2009年11月青山管乐团成立，2015年1月起连续举办“临安市新年音乐会”，成为品牌。

㉛2009年11月30日“青山科技城”指挥部挂牌成立，青山进入科技城建设时代。硕，此处为形容词意动用法。

（附注：本文原应科技城征文所作，是本人在青山工作三十五年的积累，包括对青山历史文化的了解，社会发展进程的了解，特别是经历了最为艰苦的十五年开发区建设经历的写照。以骈文的形式写来，简洁上口。第一段交代历史，第二段交代环境，第三段写80年代乡镇企业发展历史，第四段写开发区建设，第五段写发展。2017年5月24—6月1日）

大事记

2001年

1月10日，临安市委副书记肖锡坤慰问老党员吴友根等。

1月15日，“黛兰制衣有限公司”（马正东）挂牌成立。

2月26—27日，青山镇第十三届一次人民代表大会召开。

2月10日，临安市副市长华中林率俞金生、冯益民前往杭州葛岭拜访高信一大师，争取洞霄宫恢复开发事宜。

3月15日，临安市副市长翁东潮、文物馆馆长蓝春秀等考察洞霄宫元同桥。

3月18日，临安市委书记张建华陪同北京巨能钙集团考察鲤鱼山水资源。

3月23日，青山星火技术密集区项目建设验收会在水库管理处召开。

5月，停产四年后的轧钢厂由福建人林官海承包经营，恢复生产。

6月13日，临安市副市长张亚联主持召开“青山皮鞋业整顿规范会议”。

6月20—23，镇机关干部四十二人赴井冈山参观学习。

6月26日，早上3:40时左右，诸暨籍车辆去湖州采摘杨梅回来，途经青山大桥拐角处，因暴雨，不熟

△ 2001年6月23日机关干部在南昌起义纪念馆参观留念

悉路况栽入水沟，致八人死亡、十几人受伤特大车祸。

6月29日，文化宫举行纪念建党八十周年大会，展出“新中国成立以来青山党的历任主要领导人图片展”。

8月10日，青山镇改制为“青山湖街道办事处”。

8月29日，青山湖街道办事处成立大会，市委副书记郑荣胜等授牌。

9月14日，“洞霄宫旅游开发座谈会”在钱王大酒店举行。

9月19日，经省人民政府批准，设立“浙江省临安经济开发区”。

9月20日，临安市市长王坚一行调研青山皮鞋业，听取街道汇报。

9月27日，天松集团总投资1.2亿元项目在石泉畈动土。

11月15日，1958年大公社（亭子人民公社）时期工作过的老同志回访青山湖街道，举行“相会在青山”活动。叶南山、杨金海、蒋裕田、储德海、冯丁年、董炳德、沈渭生、徐寿淼、秦水泉、俞培根、周贵道、杨秉富、俞银华、陈元喜、马忠民、王金宝、叶当青、沈联凤、黄梦生、夏玉英、邢仙玲。

△ 开发区管委会成立五周年集体照

12月11日，临安报载，洞霄宫开发旅游项目正式启动。俞海报道。

12月11日，街道召开“三个代表”学教动员大会，市委督导组组长冯建新结合青山工业园区开发情况

△ 今翠紫苑房产地块原貌

谈学教活动实践。中国正式开始加入WTO(世界贸易组织)。

2002年

1月18日,桥头村党员民主生活会,要求"分光集体资金",市委副书记郑荣胜参加协调会议。

1月22日,"村账街道代理"公开招考聘。方筱琳、林小军入选。

1月31日,春节团拜会,宣布街道党工委书记新老交替人事变动。

2月19日,开年第一个会议,要求大张旗鼓地宣传开发区建设。就"要我开发"还是"我要开发"开展讨论。提出6.1平方公里整体拆迁,初步安置地点,安置方式等设想。

2月25日,街道召开分工会。成立四个小组:征地、拆迁、安置组;城市管理组;殡葬改革组;苕溪整治组。提出"十大工程"计划:(1)污水处理工程;(2)建设五条道路(景观大道、主入口);(3)天柱街东延伸段;(4)苕溪整治;(5)桥梁(浒溪埠跨北);(6)管委会办公室;(7)多层标准厂房;(8)拆迁临时安置房;(9)外来打工者宿舍;(10)(农民公寓、别墅)拆迁两个村(研口、坎头)的4个自然组:浒溪埠、活龙岭,发达畈、戴家滩,共212户。安置地点选在横塘(胜联村)口、张家边、夹沙坞、集镇中心等。

2月27日,对洞霄宫开发商擅自挖掘地下藏身洞,发现铜镜、瓷器、磁盘一事,临安市文化局卞初阳科长,市文物馆馆长兰春秀、副馆长朱晓东等去宫里村召开协调会,严肃文物保护法纪。

3月8日,青山湖街道第一次妇女代表大会在经委四楼举行。

3月5日—8日,街道全体干部、十六个村的村长书记等,赴武康、长兴、吴江、苏州、昆山、平湖、下沙考察开发区建设。

3月8日,浦扇湾山顶拍摄即将动工建设的开发区全景。

3月11日,"建设新青山动员大会"在街道文化宫举行。

3月14日起,冯益民、郑荣根、刘志明为一组;张劲虎、卢国田为一组,分别在石泉、坎头、研口等村开展拍摄拆迁第一期范围内七百户农户照片。

3月底,1992年兴建的林业站大楼见拆。

4月1—3日,街道工业经济会议在萧山召开。

4月8日,"浙江省临安经济开发区道路工程设计开标会"在开发区管委会租用的水泥厂包装袋厂厂房(后为管委会)会议室举行。

4月15日,街道举办村级组织换届选举培训班。

4月15日，临安市举办“森博会”“绿色使者”选秀活动，机关干部吕云燕等七人参加初选。

4月26日，街道召开“征地、拆迁、安置”政策研讨会。

4月29日，机关干部谢玲娣病故，5月1日第一个进入胡家坟公墓。

5月初，高虹镇发生由外来人口引发的副伤寒疫情，青山中学发现一例疑似。

5月28日，投资三十万元的“闼佷阁”（中学山）公园举行开园仪式。

6月3日，街道在经委四楼召开“征地、拆迁、安置文件解读会”。

6月8日，临安市举办首届“全国森林旅游资源博览会”。

6月11日，审计局骆群负责的拆迁评估组进入发达畈自然村评估，大规模拆迁工作正式开始，活龙岭、发达畈、浒溪埠等首批拆迁户计划安置茅草湾口。

6月13日，临安市森博会闭幕式举行踩街仪式，朱村“岸龙舟”参加表演。

6月18日，浙江省临安经济“开发区道路设施建设暨污水处理工程”开工典礼。同日，在水库管理处举行“入区企业签约仪式”。

6月18日，凌晨3点，茅草湾口试图填方，因岳山村民阻止停工，下午召开动员大会。

6月28日，洞霄宫山门“九峰拱秀”牌坊吊装成功。

7月初，第一批发达畈、浒溪埠、活龙岭拆迁户被安置在“老鹰弯”（石亭子北侧山顶原化工厂宿舍）及中心小学前化工厂宿舍内。活龙岭第二批拆迁户开始上门做工作。

7月2日，茅草湾口填方受阻。

7月18日，青山“中老年健身中心”成立。

8月12日，老农业银行门口填方，蒋杨、新村村民阻止。

9月23日，挪威“莱多”公司代表来开发区寻找投资环境。

9月，青山水库大坝大规模修建动工，拓宽坝顶，加固坝体。

△ 水库大坝加固工程

10月21日，美国时

代华纳兄弟公司代表前来考察投资环境。

10月26日，朱村民间艺术节目“岸龙舟”参加杭州西湖国际博览会。

10月31日，“幸福家园”安置房抽签仪式在经委大楼举行。由于个别村民持不同意见，首次抽签以失败告终。

△ 动员大会现场

11月3日，“开发区年前奋战八十天动员大会”在文化宫举行。

11月3日，苕溪下游制止非法挖沙事件。

11月6日，建德市市长杨军带队考察青山经济开发区建设。

11月12日，临安市政协主席陈法生带队视察开发区建设。

11月15日，杭州市委副书记于辉达看望养鱼专业户蒋静红。

11月18日，中共青山湖街道党代表会议在经委四楼召开。

11月25日，即将离任的临安市委书记张建华来开发区考察。

11月26日，“建设银行青山分理处”挂牌成立。

11月29日，幸福家园安置户第二次抽签仪式，成功。

12月5日，浙江日报总编姚民声来开发区考察。

12月6日，“融入大都市，创业在临安”企业家座谈会在开发区召开。

12月31日，强制拆除幸福家园附近违章建筑。

2003年

2002年，因政府办公楼改造，原政府办公楼东侧文化中心围墙内的消防池塘被挖，建造新办公楼，办公场所零时搬迁至经委大楼。

1月6日，临安市十二次党代会代表视察开发区污水处理厂工程。

1月13日，临安市委书记王坚慰问青山特困户。

1月18日，重新搬迁回老办公楼，全体机关干部拍摄集体照。

△ 参加开发区前期建设的街道机关干部：后排左起：冯益民、俞红卫、周荣耀、俞士祥、张瑞华、曲仁根、马洪高、郑荣根、喻金祥、周正林、徐春、陈水林、严满泉、潘行正；三排左起：王金宝、卢国田、俞俊（农经）、万士植（广电）、郑大根、沈也清、丁小千、梁建根、董勇、蓝建平、鲍增华、赵章根、孙宋江、马国平、徐小荣、黄阿华；二排班子成员，左起：陆水浪、蔡林坤、钱春雷、杨岚岚、周晓、黄国林、何洪明、凌剑波、林生友、黄朝荣；前排女干部，左起：杨亚琴（广电），杜漾丹、许访月、周琳、叶燕华、吕云燕、张彩霞、赵慧琴、杜伟琴。共49人（缺：朱彬，胡友堂）（摄影：杨敏）

1月20日，全体机关干部分头上门慰问首批拆迁户。

3月13日，临安市政协代表团视察开发区建设污水处理厂工程。

3月16—21日，机关干部分批赴香港，遇"非典"前期。

4月7日，开发区建设协调会，临安市委书记王坚、市长方建生、副市长吴苗强等参加。

4月16日，强制拆除"幸福家园"在建安置房私自改建、违建部分。

4月16日，综治工作会议，协调拆迁安置户图纸修改问题。

4月17日，继续召开会议协调拆迁安置户矛盾。

4月22日，国家技术监督局高建忠一行审查轧钢厂生产许可证，法人林官海。

4月23日，远洋运动器材公司因电焊工操作失误，火灾损失数百万。

△ 锦里村老党员在观看《新青山》

2003年4月底，《新青山》月报创刊，总编：周晓，主编：冯益民，编辑：吕云燕。

5月6日，临安市委书记王坚，副市长陈林春、张金良，公安局长乐华等一行视察青山粉磨站、青石、华兴羽绒、青钢等企业。

5月12日，临安市政协主席团陈法生、方金贵、陈友根等视察开发区。

5月14日，《建设新青山工作会议》在文化宫召开；提出“办好开发区，建设新青山”口号。因受“非典”疫情影响，人数限定400人。

5月23日深夜，工作组深入坎头村做拆迁动员工作。

5月24日，专项治理“突击加层、突击装修、突击抢种”会议。

6月4日，强制拆除坎头村八组某违章建筑，该村民遂上访。

6月5日，杭州市副市长沈坚视察万马电缆新厂区。

6月13日，临安市人大常委会主任肖锡坤，副主任郑丁全、朗宗月、蒋彩珍、楼国富视察开发区建设。

△ 大会现场

6月13日，杭州市政协副主席施锦祥一行视察开发区污水处理厂。

6月16日，青山第六建筑公司商品混凝土项目投产。

6月24日“银、政、企座谈会”，在街道召开。

6月30日，“庆七一暨新青山建设表彰会”在文化宫举行，颁发“建设新青山特殊贡献奖”，获奖十一人。中国银行主任李小红、华兴羽绒公司总经理陈志良,水库管理处处长谢法全,青石集团总经理丁先明,新村村书记金妙火,研里村书记周小华,石泉村书记蔡黎胜,青山村书记部世元,研口村书记施继海,机关干部曲仁根,坎头村书记陈更新。表彰开发区管委会科长俞华忠、企业退休干部徐小荣、村退休干部黄阿华。

7月13日,投资亿元企业"台联塑"开工。

7月16日,临安市委书记王坚、市长方建生参加排山毛竹栽培现场会。

7月16日,村长、书记在水库管理处召开会议,商讨拆迁工作对策。

7月19日,街道组织戴家滩自然村党员开会,做拆迁思想工作。

7月19日,去坎头村戴家滩做拆迁工作的全体机关干部被拒之门外,成了"不受欢迎的人",当天晚上在戴家滩露天过夜,天亮后允许撤回。

8月9日,街道召开中层干部会议,汇报各线拆迁工作进展情况。

8月15日,污水处理厂"定价听证会"在街道召开。

8月20日,因出现交通死亡事故,老农行门口开始设立斑马线。

8月25日,"拆迁安置工作动员大会"在街道举行。

8月29日,"水库下游河道整治开工典礼仪式"在浒溪埠举行。

9月,浒溪埠主入口跨北大桥开始兴建。

9月5日,坎头村戴家滩组发生拆迁"九·五事件"。

9月12日,临安市副市长陈林春、公安局副局长吴志荣协处"九·五事件"。

9月12日,开发区管委会新班子成员组成:黄国林、何洪明、朱晓程、刘宇、冯建新、江雪荣。

9月12—14日,坎头村民来街道办事处、村书记陈更新家"讨说法"。

9月20日,临安市第二届森博会在林学院操场开幕。

9月23日,全国第十三届群星奖,保安学校"龙腾狮跃"获奖。

9月23日,程行改编青山中老年健身中心的《猪八戒逛新城》

△ 市领导为获奖节目颁奖

节目参加森博会闭幕式表演。

9月30日，坎头村委办公场所(原小学)开始拆除，村拆迁开始。

10月2日，戴家滩61户拆迁户安置地块抽签。

10月8日，街道中层干部会议，分析征地、拆迁、安置中出现的各类矛盾和复杂问题，茅草湾安置小区是否建立牌楼或门墙问题。

10月14日，临安市委书记王坚视察开发区。

10月23日，中国道教协会副会长黄信阳一行考察洞霄宫。

10月25日，《八戒背媳妇》节目参加杭州“娃哈哈”国际博览会，获创作、表演金奖。

11月5日，戴家滩开始整体搬迁。

11月7日，坎头村拆迁户宅基地安置抽签仪式在街道举行。

11月15日，杭州市中国人民银行副行长朱文剑、处长谢安娜研里考察。

11月9日，坎头村第二批茅草湾安置地块抽签。

11月21日下午，坎头村相坞第二批安置户抽签。

11月21日下午，临安市副市长吕可平、文化局局长章燕表彰《八戒背媳妇》节目。

△ 坎头村集体抽签仪式

11月22日，坎头村90户拆迁户在文化宫举行抽签仪式。

11月24日，街道召开拆迁工作组长会议，讨论安置小区建设管理问题，副市长陈林春、工作组长何三良等参加会议。

12月8日，杭州市委书记王国平视察松友食品公司。

12月28日，《法制日报》记者来青山调查开发区建设中矛盾的解决。

2004年

2004年2月12—21日，杨北京、蒋静、许水娣、俞时芳、陆燕平、相美花、高剑英、胡建美、应金娣，及领队街道妇联主席章小芬赴法国，参加尼斯国际狂欢节。同行者有临安市文化馆馆长吴晓武、市文联副主席蔡勇勤。

2月12日，法国机械设备集团公司，诺顿集团公司来开发区洽谈投资意向。

2月13日，下沙白洋街道办事处主任刘晓平带队来参观开发区。

2月18日，水库下游河道整治工程协调会召开，临安市副市长翁东潮主持会议。水利、交警、供电、路政等部门代表参加。

3月2日，杭州市政府副秘书长许保金，市经委副主任、安检局局长钮容量及消防大队，临安市副市长陈林春，安全局局长周永顺等到青山湖街道检查安全生产。

3月9日，临安市市长方建生、副市长翁东潮一行视察苕溪改造工程。

△ 挂牌仪式现场

3月11日下午，“青山邮政支局”挂牌成立。

3月16日上午，杭州市副市长沈景淼，林水局局长许宝水、副局长周定炎，临安市副市长翁东潮等视察苕溪整治工程。

3月29—31日，街道工业经济会议在椒江召开。

4月19日，临安市委书记王坚等一行视察苕溪改造工程。

4月20日，临安市委宣传部部长俞明辉、文化局局长章燕等来街道考察文化工作。

4月22日，蒋阳村失地农民就业培训班在经委四楼举行。

4月25日，青山村被征地农民就业培训班在青山村举行。

5月11日，青山城管监察中队成立。

5月13日，临安市委书记王坚、部委办局领导调研文化工作。

△ 国家文物局考古专家张森水(左三)在考古现场

5月28日，中国科学院古脊椎

动物与古人类研究所、国家文物局考古专家张森水，浙江省文物考古研究所副所长徐新民等来我街道开发区各取土点考察。大涤洞发现古犀牛化石、铜如意等(送文物馆)。

△ 民主村养老金发放仪式

6月9日，临安市文联主席梅鹊、副主席赵亚琴赴朱村调研民间艺术。

6月10日，民主村首批被征地农民基本生活保障金发放仪式。

6月11日，街道开始大规模平毁双空墓穴。

6月12日，临安市委书记王坚一行考察洞霄宫。

6月15日，临安市市长方建生陪同法国机械集团考察投资地块，去西天目。

6月17日，市人大代表小组活动，对开发区水利及执法情况调研。

同日，浙江大学经济学院来青山座谈城市规划建设。

6月23日，杭州制氧集团公司总裁蒋明一行考察开发区，市长方建生等陪同。

6月27日下午，第十三次上蒲扇湾山顶拍摄开发区全景。

7月2—3日，街道机关支部党员赴上海活动。

7月9日，街道召开拆迁工作动员大会。下达拆迁任务、时间界限，落实人员分工、政策解读、安置地定点、注意事项等。

7月18日，蒋杨村民杨再龙“龙腾货物运输有限公司”新货车交接仪式。

7月23日，街道召开第一次经济普查工作动员大会。

8月14日，十家卫视来开发区商讨拍摄开发区专题片事宜。

8月18日，华兴羽绒制衣公司举办开业典礼。

9月1日，杭州市委书记王国平、临安市委书记王坚等一行视察教育。

9月8日，街道中小学“教师节”表彰大会在文化宫举行。

9月9日，省委书记习近平来临安天目高级中学接访征地拆迁等有关问题。

9月15日，临安市第三届“森博会”开幕式在林学院开幕。

9月18日，庆祝开发区成立三周年，绍兴小百花越剧团来青山演出。

10月20日，石泉村首批拆迁户安置地块抽签仪式。

10月24日，青山文化宫开始维修。

△ 俄罗斯红旗歌舞团演出场景

10月29日，迎接世界500强企业参观开发区。日本一人，国内五人。

10月30日，世界500强企业三凌、花旗、壳牌，国家跨国公司研究部等来开发区。

11月3日，俄罗斯远东（军队）红旗歌舞团来青山文化宫演出。

11月15日，街道召开针对开发区建设的“禁赌”专项整治会议。

11月27日，青山发生疑似禽流感病例。水库内高阳山庄四千只鸡鸭活埋。

12月7日，笤溪整治表彰暨高速公路动工动员大会。拆迁77户，长度10.6公里，涉及12个村，山地969亩，水田371亩，完成调查摸底，建立领导小组。主要隧道、桥梁工程动工。

2005年

1月9日，青山成人教育学校举办“村干部高中班”毕业典礼。

1月17日，杭氧资产公司、杭氧集团公司九十名中层以上干部来坎头村相坞地块考察，市长方建生等接待。

1月21日，全体机关干部慰问302户拆迁户，天大雪。

3月10日，参加“两会”的临安市人大、政协代表视察开发区建设。

3月11日，余杭、临安两地文物馆，两乡镇文化站长、村委干部现场商讨洞霄宫“元同桥”修复事宜。

3月16日，村党支部换届初选开始，试行“双评、双推、一选举”。

3月23日，分管工业的副省长陈加元来开发区视察污水处理厂等。

杭州市副市长沈坚及杭氧有关领导一行协商搬迁后税收分成等问题。

4月4日，杭州市委副书记于辉达、临安市委副书记章根明等视察坎头村拆迁安置户新居——幸福家园。

4月5日，中泰章岭失火引发斜阳山林失火，未灭。横畈林场、临天潘山山林大伙。一天五起山林火灾，机关干部，三地村民通宵救火。

4月6—9日，街道(开发区)工业经济工作会议上海浦东新区召开。

4月11日，研里村失地农民上岗培训班在老农行举行。

5月13日，杭州市委组织部副部长李震范，临安市委副书记王宏、组织部部长陈谨视察村民委员会选举。

6月5日，锦城街道各社区组织一百二十人参观青山开发区建设。

6月13日，桥头村举办失地农民就业培训班。

6月26日，“庆祝建党八十四周年暨表彰大会”在文化宫召开。

7月11日，临安市首届“农信杯”越剧票友总决赛，斜阳村徐琴儿获奖。

7月12日，机关干部为蒋杨村身患白血病的骆立云捐款。

7月18日，首家上海园民华联超市在供销社老房子基础上装修开业。

△ 上海园民华联超市开张仪式

7月22日，街道召开拆除违章建筑动员大会。

8月3号，岳山村牧家桥涉及高速公路拆迁户开始搬迁。

8月10日，白浪头等四十四户高速公路拆迁户抽签。

8月11日，安徽省歙县妇女联合会考察团来开发区，市妇联主席蒋珍陪同。

8月17日，对文化宫后超两百平方米违章建筑等两农户强行拆除。

8月18日，临安自来水公司兼并青山自来水厂签约仪式。

8月30日，市委书记王坚、市长王宏、市委组织部部长陈瑾等，来开发区管委会调研工业及“保持共产党员先进性”教育活动。

9月9日，临安市人大常委会主任肖锡坤、副主任张亚联等教师节慰问。

9月26—28日，十六个村书记和经济发展一科，赴余姚考察生态镇建设及商业网点建设。

10月10日，临安市委工作组进驻青山，分拆迁组和失地农民养老保障组，在石泉、研口、坎头村开展工作。20日，召开失地农民养老保障座谈会。

△ 坎头村戴家滩自然组开始拆除

10月11日，“临安市委工作组派驻青山湖街道”动员大会。市委、市政府四套班子主要领导到场，协助拆迁。

10月19日，全体工作组做遗留拆迁户问题调查。

10月25日，杭州市委书记王国平视察富沃德公司。

10月，临安市文广新局为洞霄宫遗址设立保护点碑。

10月27—28日，强制拆除坎头村遗留“问题”房屋。

11月9日，临安市委书记王坚、市长王宏调研失地农民养老保险。

11月17日，“加快重大项目推进工作会议”在文化宫召开。

11月21日，临安市委书记王坚、市长王宏调研重大项目推进情况。

△ 开工仪式现场

11月22日，街道居委会招聘面试，金成、严飞入选。

11月28日，位于杜马桥北的“220千伏钱王变电所”开工典礼。

11月3日，洞霄宫内“元同桥”修复竣工验收。

12月24日，杭重机、杭塑、杭叉签约仪式在钱王大酒店十八楼举行。

12月28日，文化宫举行失地农民养老基本生活保障金发放仪式。

2006年

1月16日，青山湖街道接受“特色民间艺术乡镇”考核。

2月24日，省文化厅副厅长，临安市副市长张亚联一行朱村视察。

3月3日，全市机关女干部风采展示比赛，街道妇联组团获三等奖。

3月14—17日，街道经济工作会议在宁波召开，参观吉利汽车制造厂。

3月19日，建设部原副部长顾云昌，经济发展部主任邵新莉等一行考察青山房产建设。

4月14日，开发区申报科技及技改项目培训会在水库管理处召开。

4月15日，临安市文广新局公布杨家洪府明王庙，青山红庙，研里古民居为重点文物保护点，授牌。

4月27日，中老年娱乐中心“八戒背媳妇”节目参加杭州“动漫节”。

5月11日，街道召开安全生产会议，同日化工厂着火，桥头矿山一死一伤。

5月23日，研口村“5000方土强行填方”问题紧急短会。

5月29日，拆迁工作各小组赴石泉村、研口活龙岭，发达畈工作。

6月9日，《临安市志》青山湖篇编撰动员大会在政府会议室召开。

6月26日，街道机关干部为患白血病的沈振宇小朋友捐款。

6月29日，“建党八十五周年暨表彰大会”在文化宫召开。

7月10日，临安经济开发区重大项目加速推进工作会议召开。

7月19日，新任临安市委书记邵毅视察高速公路汪家埠段。

7月25日，安徽绩溪县委书记赵敏生一行参观开发区。

7月26日，临安市委书记邵毅来青山湖街道调研。

7月28日，全市“平安创建动员大会”在文化宫召开，授牌。

8月3日，杭州市交通局领导黄曙明一行斜阳村协商

△ 2006年7月28日成立巡防大队

公路改道事宜。

8月7日，临安市委书记邵毅视察开发区，十四个部门陪同。

8月9日，临安市文化局相关领导协商开发区文物保护事宜。

8月16日，杭州市副市长沈坚调研开发区重点项目迁建进展情况。

8月28日，新旧班子交替会。市领导张亚联、陈林春、章燕等到坎头村取土现场视察、协调墓穴挖掘、文物出土工作。

9月11日，"开发区成立五周年"踩街活动筹备会议。

9月12日，杭州市委副书记于辉达一行来开发区安置小区视察。

9月13日，杭州市副市长孙忠焕一行来开发区视察重点工程。

9月19日，开发区管委会庆祝成立五周年。

9月20日，临安市委书记邵毅、副市长张亚联、教育局局长储林森等相关部委办局领导视察保安学校。

9月23日，平湖，"浙江省广场民间舞蹈大赛"朱村龙腾狮跃获金奖。

9月29日，坎头村"野猫弄"地块发生村民阻止爆破事件。

10月13日，庆祝开发区设立五周年"踏歌青山"文化踩街活动。桥头、研里、研口、青山、朱村、中老年娱乐中心、保安学校等七支本地民间艺术队伍，国内七支"华夏一绝"鼓乐队(高台腰鼓)等参加了踩街活动。活

△"踏歌青山"踩街活动现场

△ 开发区成立五周年踩街活动(单建刚摄)

动自案山脚(今翠紫苑房产)开始,沿天柱街转青中街、出鹤亭大街到大广告牌(今青山鹤岭房产口)处结束,历时两个小时。晚上露天越剧专场,施放焰火。

10月15日,杭州凤起大型数控机床厂动工典礼在原坎头湾地块举行。

10月15日,“第五届中国森林旅游资源博览会闭幕式暨临安经济开发区设立五周年综艺晚会”在临安人民广场举行。朱村《龙腾狮跃》开场。

10月18日,位于原宫里村地块的“中天幕墙”企业开业。

10月19日,“完善水库移民扶持政策”工作动员大会召开。

△ 2006年12月28日,杭氧开工典礼(开发区供稿)

10月24日,临安市退休老干部四十余人视察青山经济开发区。

11月1日,童村至石临路开始浇筑柏油。

12月28日,杭氧开工典礼。

2007年

1月9日，研里村自来水改造工程竣工典礼仪式。

2月11日，年前“开发区答谢酒会”在东方假日酒店举行。

3月1日，浙江日报总编杨大进第一次来朱村，市委宣传部部长章燕等陪同，发出全省农民“种文化”口号。

3月3—6日，许茂盛书记追悼会在宫里村举行，盖党旗。

3月13日，老供销社地段青中街口首次举行人才公开招聘会。

3月18日下午，因征地工作不能及时交付，杭叉以书面形式提出退出开发区。开发区召开“重点项目推进紧急会议”。史称“百日攻坚”。

3月22日，市委宣传部副部长周晓带队临安市委宣传部采访团，报道许茂盛事迹。

3月23日，宫里村党员干部组长会议，宣布许茂盛被追认为临安市“好书记”。

3月27日，坎头村野猫弄爆破点劝说老百姓阻止施工事件。

4月5日，临安市市长王宏慰问许茂盛家属。

4月6日，临安市委书记邵毅慰问许茂盛家属。

4月9日，省、市九家媒体30余名记者聚焦许茂盛事迹。周晓带队。

△ 浙江林学院报告厅

4月10日《中国农民报》等媒体座谈、采访许茂盛事迹。

4月11日，招聘面试赴捷克演员紧急会议，傅贤军、黄文根主持。

4月13日，坎头村外馒头山成功实施爆破。

4月17日，强制拆除老虎山陈某动员会议，后陈自行拆除。

4月19日，省委组织部部长宫里慰问许茂盛家属。

4月26日，杭州笕桥94782部队政治处30余位官兵来宫里村慰问许茂盛遗孀张文仙，新华社记者随同。

4月29日，学习许茂盛先进事迹报告会在林学院报告厅直播。

5月，相关部门帮助宫里村解决无线基站，自来水等八件实事。

5月7日，杭州滨江长河街道参观团来宫里参观学习。

5月9日，杭州江城中学学生来胜联村(今电子科技大学)地块体验生活。

5月10日，街道召开年初第一个安全生产例会。

5月15日，太湖源镇参观团去宫里参观学习。

5月15日下午，省委组织部副部长胡坚来宫里村，市委书记纪邵毅、市长王宏陪同。

5月18日，工业经济会议在临安大酒店举行。

5月19日，青山民间艺术团赴捷克演出前，开始连续三个月的排练。

5月21日，民间艺术团赴捷克演出动员会，临安市委宣传部部长章燕、副市长裘小民、文化局局长褚林森、副局长方光兴到场。

5月24日，浙江长兴集团慰问许茂盛家属，送彩电。

5月24日，青山民兵预备役部队点验汇报在青山水库举行。

5月31日，临安经济开发区表彰2006年优秀外来员工。

△ 农民素质培训班现场

6月13日，浙江日报总编杨大进看望赴捷克演出排练现场。后去朱村。

6月17日，中央电视台、人民日报、新华社、中央人民广播电台、经济日报、农民日报等国内十家主流媒体，聚焦朱村农民种文化。

6月19日，帅建筑调青山，任办事处主任。

6月7日，宫里村举办党员组长会议，学习许茂盛事迹。

6月27日，临安市委书记邵毅慰问斜阳村老党员徐寿贵等。

6月30日，“纪念建党八十六周年暨学习许茂盛十年变新城动员大会”在文化宫召开。

6月至7月25日，“乌龟墩”填方攻坚。

7月12日，“百日攻坚”挖方现场，场面宏大，30余台挖掘机，500余辆工程车同时作业。口号是：“不惜一切经济代价，攻下王家山，不让杭叉项目流产。”

同日，220千伏岗阳变电站项目填方，3000000方土，限100天时间完成。

△ 大会现场

7月16日，临安市公安系统130名干警参观许茂盛事迹展，观看许茂盛事迹影像资料。

7月28日，“百日攻坚”表彰大会在文化宫举行。夜晚，临安广场舞台参加建军节文艺演出，出国节目“龙腾狮跃”试手。

7月31日，街道党委、政府班子成员传达胡锦涛视察杭氧、西子富沃德精神。

8月2日，富沃德总裁陈夏鑫讲解胡锦涛同志视察西子电梯情况。

8月10号，青山中心幼儿园奠基仪式。

8月12日，民间艺术团最后一次彩排，临安市委宣传部部长章燕、副市长裘小民等授旗。

△ 青山民间艺术团赴捷克共和国一行出发前合影

8月14日，青山民间艺术团一行32人，在领队黄文根（文化局）、凌剑波、傅贤军（街道）的带领下出发赴捷克参加国际民间艺术节。同行者有中国文联刘爱民，中国舞蹈家协会佟军工，浙江省群艺馆干部吴露生。演员有文化馆的吴晓武、程行、李文杰；文化站长冯益民；教师进修学校的帅奇芳、胡婷婷、方娇娇；赵艺兵（安徽）；朱村的程远远、孙湛兴、杨平华、杨美珠、谢华兴、徐忠美、王仙玉、王凤英、孙慧；桥头村的潘峰平、张磊、何春燕、潘黎春；斜阳村的徐琴儿；研口村的陈波、蒋作银；石泉村的郑建芳；蒋杨村的高剑英。

8月15日，民间艺术团到达捷克舒贝尔克市。

8月16日，下午驱车三小时去与斯洛伐克交界的斯坦堡演出。

8月18日，舒贝尔克市中心广场举行“中国日”系列活动。中国驻捷克共和国特命全权大使霍玉珍等驱车六小时，为民间艺术团送来国旗，参加中国日开幕式，与艺术团交流。

8月19日，VLASKA CLUBOKY市政厅广场演出。

8月20日，YESENIK市政厅广场演出。

8月21日，BLODOV市政厅演出。

8月22日，VSEMINA宾馆，为期一周。

8月23—27日，LIPTAL村第三十八届国际民间艺术节系列活动一周。

8月28日，奔赴捷克首都布拉格演出。

8月29—9月2日，首都布拉格演出周，踩街、参观，回国。

9月4日，青山民间艺术团访问捷克共和国演出圆满归队。

9月9日，临安市政府为青山民间艺术团举办庆功会。

9月5日，街道召开新农村建设大会，颁布拆迁奖励政策。

9月18日，台风“韦泊”正面袭击浙江。

9月20日，江家滩二十二

△ 团长黄文根（右）和本书作者于2007年8月18日在捷克舒贝尔科市政厅受中国驻捷克共和国特命全权大使霍玉珍女士接见

△ 活龙岭开始拆除

户拆迁户抽签，搬“跃进门”。

9月21日，街道召开非物质文化遗产普查培训班。

9月23日，清华大学教授张利为规模以上企业厂长经理培训。

9月26日，青山民间艺术团配合市政府“接轨大上海”活动，“龙腾狮跃”节目组赴上海演出，太阳镇“五凤朝阳”同往。

9月29日，配合市旅游局推广工作，《八戒背媳妇》《响竹》《龙腾狮跃》节目组赴上海中山公园演出。

9月30日，青山民间艺术团参加杭州“国际小丑节”演出。

10月8—9日，台风“罗萨”登陆浙江。

10月14日，杭州“第二届中国民间艺人节”，《龙腾狮跃》《八戒背媳妇》《响竹》等节目参加演出。

10月17日，杭州市委组织部部长于跃敏，临安市市长王宏、组织部部长钮俊等宫里村视察。

10月24日，临安新闻网朱村“种文化”活动，临安市工业投资暨零土地技改工作会议在街道召开。

10月25日，青山湖街道党务知识培训班，二十五家企事业单位，十六个行政村书记参加。

10月28日，浙江省全运会在彭埠镇举办，朱村“龙腾狮跃”参演。

10月30日，杭州市文明办副主任王晋江等一行视察新农村建设。

11月4日，全省“金牛奖”活动投票宫里站，许茂盛(已故)当选。

11月5日，政协主席陈法生视察村规模调整，去民主村。

11月6日，村规模调整，书记、村长、部分企业老总、退休老干部等两个座谈会。

11月8日，上午，村规模调整责任会，部分调整村签约。朱村、锦里合并，取名朱村村，办公地点在朱村；杨家、斜阳、桥头三村合并，取名青南村，办公地点桥头；宫里、石泉合并，取名洞霄宫村，办公地点石泉；蒋杨、岳山、新村合并，取名蒋杨村，办公地点蒋杨；民主村按照市政府要求，划归锦城街道，其他村不变。

11月8日，文化宫举行村规模调整工作动员大会。

11月10日傍晚，桥头村一百五十多村民来街道办事处，不同意和斜阳合并为一个村，后来事态扩大，最后被要求到三楼大会议室集中开会，至晚上11:30结束。

11月11日，全省“百村农民种文化”比赛颁奖大会在杭州吴山广场举行，朱村获“双十佳”奖。

11月11日，为了合并事宜，“撤扩并”工作组在桥头工作到深夜。

11月12日，街道各村书记、驻村干部、班子成员等送民主村两套班子成员到锦城街道交接。人大常委会主任陈法生、市委副书记钟文静接见。

11月12日夜，机关干部在桥头做动员工作，桥头村民堵截私人车辆、私车撞人、马刀威胁事件。全体机关干部奔赴桥头。笔者所用摄像机被桥头村民十余人扯裂，索尼摄像机被毁坏，新衣服被撕破。

11月14，上午，桥头被带离村民家属到村干部家找说法。后去临安上访，下午有五十人左右到杭州市政府上访。

11月15日，拍摄新村、岳山、石泉、斜阳、宫里、蒋杨合并前旧貌。村财务、档案实施移交。

△ 洞霄宫村在进行档案移交

11月16日，街道举行新班子领导推荐会，省新闻工作者协会主席马雨农一行视察宫里。

11月17日，村规模调整授牌仪式大会，人大常委会主任陈法生授牌，桥头村挂牌“青南村”时，再次受到老百姓阻拦。

11月27日，街道举行残疾人代表大会第二次会议。

11月28日，临安市人大常委会主任陈法生走访朱村、青山菜农。

12月2日，“千名干部进村入企”宣讲十七大精神动员大会召开。

12月7日，非物质文化遗产普查培训会。

12月10日，临安市水利局局长王国权、街道办事处副主任陈水林等深入“千万农民饮用水工程”官塘水库、夹砂坞景观林带、斜阳笪坞水库工地。

△ 街道商会理事合影

12月20日，临安市人大常委会主任陈法生、市委组织部部长钮俊等研里搞卫生。

12月25日，杭昱沿线整治工作验收。

12月29日，青山湖街道商会成立大会，37家企业申请参加。

2008年

1月4日，“村企结对、建设新青山”会议在临安大酒店召开。

2月1日，市委书记邵毅慰问许茂盛遗孀。

2月3日，开发区、街道两单位中都大酒店年会。

2月4日，以慰问新疆籍打工者为主的文艺演出在文化宫进行。雪。

2月21日，全市元宵灯会，朱村“龙腾狮跃”，桥头“巾帼彩龙”参加。

3月2日，民主村发生山火，经花家庙至桐村，一直烧到胜联村口。

3月5日，街道在中都酒店召开2008年开发区建设工作会议。

3月11日，省河道总站与街道结对，东环路笤溪沿岸植树。

3月19日，村党组织换届动员大会在文化宫召开。

3月21日，村书记竞职演说。分文化宫、三千客酒店两个场地进行。

3月22—24日，开发区、街道工业经济会议在江苏昆山举行。

4月1日，市人大常委会主任陈法生调研村委换届选举。

4月10日，环保部污染控制司司长视察青山河道。

4月17日，“村委换届选举自荐人集体谈话会”在文化宫举行。

4月25日，村民委员会换届正式投票选举。

4月30日，全市迎奥运倒计时一百天广场排舞大赛，蒋杨村获二等奖，青山村获三等奖。

5月7日，临安市司法局局长调研青山失地农民问题。

5月9日，《共产党员》杂志社总编宫里慰问许茂盛家属。

5月8日，省广电局长铁国强考察青山农村信息网建设。

5月16日，街道、开发区入区企业为四川地震灾区捐款。

5月17日，“青山民间艺术团”举办出国演出一周年座谈会。

5月21日，杭州市市长蔡奇视察污水处理厂，临安市市长王宏陪同。

5月27日，“龙腾狮跃”参加浙江省第三届农民运动会开幕式。

5月30日，杭州市市长蔡奇视察青山水库。

6月17日，杭州市“风雅颂”民间艺术展示，朱村村“龙腾狮跃”获金奖。

6月19日，市委书记邵毅慰问老党员吴友根及许茂盛家属等。

6月25日，杭州市委副秘书长林友宝督察新农村建设。

6月30日，“建党八十七周年大会”在文化宫举行。

7月1—2日，全市乡镇篮球赛在昌化职高举行，蒋杨村获二等奖。

7月2日，副省长金德水视察胜联科创区块。

7月8日，临安市委副书记卞吉安视察华兴羽绒。

7月9日，临安市委书记邵毅调研远洋运动器材公司。

7月11—12日，机关支部全体成员皖南行。

8月11日，临(安)余(杭)公路青山段建设动员大会。

8月22日，浙江日报总编杨大进再次来朱村调研“种文化”活动。

8月29日，玲珑片农民“种文化”文艺调演在青山文化宫举行。

9月16日，“龙腾狮跃”为国际竹藤协会成员国代表表演。

9月22日，石泉村肖家组强行填方施工受阻。

△ 石泉村肖家填方现场

9月23日，市委书记邵毅一行视察青南村和高速沿线整治情况。

9月27日，临安市“种文化”森博会闭幕式，街道中老年娱乐中心《唱唱新青山》节目参演。

10月8日，电子科技大学胜联选地块。

△ 杨大进(左)在朱村和程行(右)交谈农民“种文化”

△ 电子科技大学领导班子在胜联村考察搬迁选址

10月17日,省委书记赵洪祝一行视察松友食品公司。

10月23日,临安市市长王宏一行视察研口村民俞生根毛竹山承包项目。

10月25日,开发区华丽包装厂失火,损失惨重。

11月4日,街道计生办联合为华兴羽绒公司培训。

11月14日,全省农民“种文化”成果展示,《唱唱新青山》参演。

△华兴羽绒公司外来民工计生培训

◁中老年娱乐中心节目参加省比赛

11月17日,青山湖街道接受杭州市文化示范乡镇考核。

11月25日,街道城管执法大队成立。

12月13日,环保部官员污水处理厂考察。

12月28日,青山中学建校50周年庆典。

2009年

1月5日，开发区首次集体表彰优秀外来员工。

1月6日，杭州市委常委、组织部长于跃敏等慰问许茂盛遗孀。

1月14日，临安市市长王宏慰问研里村老党员吴有根。

1月19日，临安市副市长裘小民慰问计生特困户。

1月23日，临安市委书记邵毅等一行和华兴羽绒职工一起过年。

2月16—17日，街道、开发区机关干部66人举行“爱岗敬业演讲”。

2月25日，“银政企座谈会”，在中都大酒店举行。

2月26日，“年度工业经济会议”，中都大酒店举行。

3月6日，街道举办“首届排舞比赛”（一等奖青南村，二等奖蒋杨、青山村，三等奖胜联、研里、朱村村）。

3月9日，杭州市副市长沈坚视察开发区。

3月12日，省水利厅副厅长杨月美、副市长李文刚等领导苕溪种树。

3月20日，宁国市党政代表团考察开发区（杭机、杭氧）。

3月20日，“开发区空间发展研讨会”在建设局九楼召开。

3月24日，临安市委书记邵毅调研万马特种电缆、四达电驴等企业。

3月25日，临安市委书记邵毅调研开发区，慰问斜阳退伍伤残军人。

4月15日，冯益民获“市政府文艺奖”三等奖。

4月23日，省经信委副主任杜世源视察开发区企业。

4月29日，杭州地区开发区负责人会议在开发区管委会举行。

5月18日，杭州市委常委、组织部长于跃敏视察万马电缆。

5月21日，临安新闻记者团集体采访万马特种电缆、杭机等企业。

5月27日，坎头村遗留鲍家滩某农户被强制拆除。

6月4日，省审计局局长金汝斌调研万马上市前期企业发展概况。

6月9日，青山湖街道接受浙江省文明乡镇考核验收。

6月15日，杭州市市长蔡奇视察富沃德、杭叉、杭氧、科创基地等。

6月24日，科技部政策法规司司长梅永红一行视察科创基地。

6月25日，开发区参加嘉兴“全国科技成果展示会”。

6月26日，海南、中央财经、南开、沈阳、四川、青海、华南理工、清华等著名大学领导考察开发区科创新城。

6月29日，“浙江省机电职业学院社会实践基地”挂牌仪式。

6月30日，洞霄宫村民金飞飞获临安市第六届十大歌手奖。

◁ 杭叉搬迁仪式

△ “纪念建党88周年暨省科创基地建设动员大会”在文化宫举行

7月1日，杭叉举行入驻仪式。

7月2日，科创基地项目建议书论证会。

7月8日，拍摄杭州市非遗项目《洞霄宫传说》专题片。

7月17日，杭州市村庄整治镇(乡)推进验收。

7月27日，杭州市东海明珠复验考核组来街道文化站验收。

7月30日，省级以上开发区环境整治验收，清华大学企业来人。

8月5日，临安市市长王宏，市委常委张金良，柴世民调研科创新城建设进展情况。

8月6日，美国佐治亚大学考察团来考察科创项目。

8月12日，文化站提出创办管乐团设想。

9月7日，朱村节目《田野鼓韵》参加滨江招商会开幕式演出。

9月8日，江苏省江阴市党政代表团来青山开发区考察。

9月14日，西安交大校长、院士郑南宁等考察科创基地、西子玫瑰苑等。杭州市“中华人民共和国成立六十周年新闻防插播”临安、余杭两地洞霄宫联合演练。

9月17日，临安市人大代表团视察开发区，建德市党政代表团考察开发区。

9月18日，公告公开招收青山管乐团团员，各村推荐，自愿报名。

9月20日，开发区、街道两单位全体机关干部西天目举行登山比赛。

9月26—27日，青山村排舞队参加浙江省第三届排舞比赛获二等奖。

10月14日，浙江交响乐团陈国华老师、杭州铁路管乐团俞德明老师、杨敬明老师、临安市妇联陶一二老师等面试管乐团队员，60人参加，录用38人。

10月26日，街道长寿金发放暨慰问演出在文化宫举行。

10月27日，青山管乐团乐理基础知识培训开始。

10月29日，临安市委常委张金良讨论科创基地动工系列宣传策划方案。

11月4日，临安市委书记邵毅参加“联乡结村座谈会”。

11月11日，杭州市幼儿教育示范乡镇验收。

11月16日，副省长金德水冒雨视察科创基地。

11月17日，街道三楼会议室举行青山管乐团成立仪式，街道办事处主任帅建筑授牌。

11月20日，省委书记赵洪祝、省长吕祖善、副省长金德水，杭州市委书记王国平一行来科创基地审查奠基仪式前期准备工作。

11月21—29日，加班加点准备30号科创基地开工典礼现场设施。

11月28日，炸毁通往舟枕公路边砖瓦厂。

11月29日，临安市委、市政府主要领导实地检查典礼现场落实情况。

11月30日，科创基地奠基仪式，省委书记赵洪祝、省长吕祖善揭牌。省、市主要领导，部门、乡镇领导等千人出席奠基仪式。

△ 省科创基地奠基仪式

12月3日，参加杭州市乡镇综合文化站建设会议，杭州市委、市府两办〔2009〕32号文，关于落实乡镇文化站长中层干部待遇问题等。

12月8日，杭州市体育局考核蒋杨村体育场地设施。

12月21日，安吉县参观团来开发区参观。

12月24日，广州越秀房产入驻青山开发签约仪式。

12月31日，村干部“回头看”演讲评比，文化宫。

2010年

1月8日，杭州地区乡镇街道联席会议在中都大酒店举行。

1月14日，杭州市委书记王国平，市长蔡奇、副市长沈坚一行调研科创基地。

1月27日，杭州市委副书记曾浩明考察科创基地。

△ 位于胜联村与青山村，余杭舟枕竹园村交界地的科技城原貌

△ 科技城通往余杭舟枕乡道原貌

2月5日，朱村创建杭州市文明示范村考核。

2月8日，首届教育奖学金颁发仪式在文化宫举行。

2月21日，副省长金德水一行视察科创基地道路建设施工现场。

2月22日，杭州市委书记黄坤明首次视察万马企业、科创基地。

3月12日，机关干部参加科创基地“碳汇林”植树活动。

4月6日，临安市政协会议代表团视察科创基地施工现场。

4月12日，省信息督查办主任俞仲达一行视察杭叉，科创基地。

4月20日，街道召开临余公路拆迁动员会。

4月21日，全体机关干部赴青山村，分九个组日夜上门动员拆迁。

4月30日，街道经济工作会议在青山湖中都大酒店举行。

5月5日，省政府退休老领导薛驹、葛洪升等视察科创基地。

5月6日，临安市委书记邵毅一行调研朱村“百姓档案”。

5月10日，副省长陈敏尔一行视察科创基地。

5月20日，南都能源开业暨上市一个月仪式。

5月25日，全体机关干部青山村被拆迁农户家签署截止日拆迁协议。

6月17日，全体机关干部青山村对已签订协议的农户做腾空工作。

6月22日，杭州市委组织部长于跃敏、临安市委书记邵毅等慰问老党员吴有根。

6月23日，省纪检委书记任泽明等视察科创基地、百姓档案。

6月24日，省科技厅厅长蒋泰维视察科创基地。

6月25日，国务院总理温家宝视察杭叉、富沃德公司。

6月30日，全街道建党大会，青山管乐团首次亮相，迎宾，奏国歌。

△ 2010年6月30日建党节大会，青山管乐团现场奏国歌

7月9日，省委书记赵洪祝一行再次视察科创基地。

7月23日，上海松江区考察团考察科创基地。

8月3日，杭州市副市长王金才调研农村转型，研里村视察精品村建设。

△ 临余公路建设动员现场

8月5日，临安市委书记邵毅等慰问取土现场高温作业工人。

8月7日，浙江大学党委书记张曦率教授团视察科创基地。

8月10日，杭州市委书记黄坤明率全体市委干部一百五十余人视察科创基地。

8月15日，新任杭州市市长邵占维视察万马电缆、杭叉等企业。

8月26日，文一西路延伸段青山村第二批拆迁户抽签仪式。

9月1日，拆迁工作会议宣布：从2日起，每天工作十六小时，不完成任务不得回办公室，否则在编人员调离或下岗，临时工立刻辞退！目标：拆除临余公路、大园里、石泉共五十四户。

9月2日，全体干部赴青山村，分老青山区块和大园区块做拆迁工作。

9月6日，临安市国土局送强制拆迁通知书至老青山王某家。

9月15日，“翠紫苑”房产公司二期房抽签仪式在文化宫内举行。

9月28日，青山管乐团赴太湖源南庄村参加玲珑片文艺调演。

10月12日，杭州市政协主席孙忠焕视察科创基地、调研研里村。

10月17—20日，开发区、街道两机关干部上海参观世博会。省委宣传部部长茅临生来科创基地，市领导邵毅、章燕、吴竑陪同。

△ 科技城建设前期施工现场，岗阳山庄北

10月30日，中试区块国电能源“盛星仪表”项目开工典礼仪式。

10月31日，临安第七届森博会闭幕式，青山管乐团参加行进表演。

11月2日，副省长金德水视察道路建设现场，横塘区块。

11月5日，浙江省人大杭州地区代表团视察科创基地；浙江大学全体校领导视察科创基地(科技城)。

11月6日，杭州市市长邵占维视察科创基地、电子科技大学地块。

11月12日，省文化厅，文化站长冯益民通过副研究馆员高级职称答辩，成为临安市十八个乡镇第一个副高级职称文化站长。

11月17日，奋战十五天，完成大园二十二户拆迁动员会，成立市督导组。市委常委张金良、督导组组长蒋珍。

11月25日，全市文艺调演，青山管乐团获银奖。

12月1日，强制拆除石泉村已兑现但仍未搬出的两户农户。

12月15日，杭州市委书记黄坤明研里视察新农村建设。

12月25—26日，滨江，浙江省文化员才艺比赛决赛，冯益民获“银奖”。

12月30日，青山湖街道首届农民文化节启动仪式在研里村举行。

2011年

1月3日，市委督查组督查拆除大园二十户。

1月4日，“青山湖街道首届农民文化节暨书画摄影展”在青山文化宫举行。

1月5日，副省长金德水视察科技城。

1月6日，青山湖街道“首届农民文化节暨广场健身舞蹈展示”在蒋杨村举行。

△ 大园组拆除前

1月7日，杭州市区、县、市政协老领导视察研里村、开发区管委会等。

1月11日，临安市市长王宏慰问胜联村残疾人周月法等拆迁户。

1月14日，横畈镇撤销建制，行政区域合并入青山湖街道。调整后，青山湖街道辖一个居民区和十九个行政村，街道办事处驻地不变(天柱街552号)。

1月18日，大园、石泉村拆迁户首批公寓房安置户选房。

1月19日，青山、横畈两乡镇合并，宣布新组建班子成员。开发区单独设立“科技城”“一办四室”,职能与街道分开。

1月21日,宣布成立“青山湖街道”大会。会议在青山湖中都大酒店举行,青山、横畈两乡镇村长、书记、部门负责人,两单位机关干部参加会议。会议主持人副市长张亚联。市委常委张金良宣布新班子组成任命。程爱兴任书记,钱春雷任主任。

1月28日,杭州市文明办研里村验收杭州市文明村。

1月29日,开发区街道机关干部及家属年会。

2月14日,省委书记赵洪祝、省长吕祖善,杭州市委书记黄坤明、市长邵占维等一行80余人,视察开发区越秀房地产项目、青坚水泥厂维修保护工程、科技城建设现场、开发区管委会等。青山湖街道党工委书记程爱兴、办事处主任钱春雷参加浙江大学青山湖科技研发园签约仪式。

2月24日,杭州市清洁庭院考察组研里村考察。青山湖科技城城市综合体开工典礼。

△ 2011年2月26日,越秀城市综合体开工仪式

3月7日,第九届村民委员会换届选举动员大会在临安东方假日酒店举行。

3月11日,青山工业经济工作会议在中都大酒店举行。

3月25日,胜联村砖瓦厂实施爆破。

3月28日,冯益民获“临安市政府第七届文艺奖”优秀奖。

4月7日,开发区金融高端论坛在中都大酒店举行。

4月12日,余杭、临安一街道(青山湖)三地(长乐、余杭、中泰)血吸虫联防工作会议。

4月18日,新一届村委班子培训暨拆迁动员大会在八千里酒店举行。

5月5日,横畈片企业中层以上干部参观杭叉、富沃德、华兴羽绒企业。

5月12日,全街道村委委员以上干部培训会。

5月17日，临安市人大代表团视察教育，幼儿园、中心小学、中学。

5月24—26日，全省“首届海洋运动会”男子捡花蛤比赛，青山湖街道获二等奖。

5月30日，临安市委副书记钟文静慰问保安学校、横畈幼儿园。

5月31日，“双百攻坚，三违控制会议”。临安市委副书记卞吉安视察横畈片水利。

6月4日，临安市“红歌乡镇专场”在临安剧院举行，青山管乐团演奏，街道机关45名干部伴唱。

6月7日，青山境内发生油污染事件，余杭向杭州市控告，督办。

6月7—11日，机关干部按责任人逐户进企业督查污染物排放整改。

6月10日，临安市首届“非遗及民间绝活展示”，横畈豆腐干参展。

6月12日，强制拆除浒溪埠八亩滩村民遗留房屋。

6月17日，余杭中泰广场红歌比赛，青山管乐团为余杭区中泰乡南峰村伴奏，获二等奖。

6月30日，全街道党小组长会议，庆祝建党九十周年。

7月1日，图书馆免费开放，邵丽萍担任专职管理员。

△ 临安市领导柴世民(右)、街道办事处领导等在胜联村与拆迁户座谈

7月11—12日，发达畈村民因对污水处理厂污染不满，拉闸。

7月13日，市委副书记卞吉安主持污水处理厂事件协调会。

7月22日，副省长毛光烈横畈工业平台视察。

7月29日，横畈富奥机械项目开工会。

△ 横畈工业平台富奥机械项目奠基仪式

△ 2011年8月18日，政协挂牌仪式

8月2日，鸿雁电器产业园项目开工典礼。

8月18日，政协青山工委挂牌成立，市政协副主席周玉祥授牌。

8月22日，十四届人大代表接访选民。

8月24—26日，参加全省“红动仙居”运动会。

8月30日，街道妇联主席章晓芬调行政审批中心。徐春调锦城街道，刘保法调锦北街道，遽建新调锦南街道、郑林俊调锦城街道，肖碧莲调入青山。

9月2日，越秀房产项目保障性动工。

9月15日，青山湖街道举行首届全民运动会。

9月28日，临余公路“科技大道”开通仪式在浒溪埠举行。

△ 科技大道通车仪式现场

10月11日，开发区成立十周年大会在中都大酒店举行。

10月13日，临安市委宣传部部长章燕、副部长张威力等调研宣传文化。

10月14日，高端装备制造业发展论坛；杭州市委常委、余杭区委书记朱金坤来临，开展区市协作和联乡结村活动。

10月19日，街道总工会成立。

10月21日，街道电影放映员养老保险政策解读会。

11月2日，街道企业转型升级培训班。

11月9日，人大代表换届选举动员会。

11月18日，招收村级宣传文化员面试，录用十九人。

11月19日，临安市党代会代表选举动员会。

11月22日，新任临安市市长张振丰来青山湖街道调研。

11月26日，新疆团工委浙江分会成立仪式在开发区管委会举行。

11月28日，徐氏宗祠、丁满仓民居修复现场协调。

12月6日，选举出席全国党代会代表。

12月9日，“双证制”高中班毕业典礼。

12月19日，省委宣传部副部长吴熔来青山调研，临安市委宣传部部长章燕首提创建“文化礼堂、精神家园”设想。

12月20日，省委书记赵洪祝视察横畈工业产业化平台，街道党工委书记程爱兴、办事处主任钱春雷参加。

12月30日，“临安经济开发区成立十周年暨青山湖街道业余歌手大奖赛决赛”在文化宫举行。

△ 省领导视察横畈工业平台

△ 岗阳山庄顶看科技城区块，远处为横塘、孟家

后　记

《满目青山——开发区建设篇》，很难凭个人的经历、记录和见解来写圆满，这个时期牵涉的东西实在太过庞杂！光凭“征地、拆迁、安置、规划、招商、建设”六个词来概括是远远不够的。拆迁只是“物”的概念，看得见的建设也只是物的变化比较明显，但是发生在思想领域里的变迁和进步远没有好好加以挖掘和整理出来。

青山前期11.3平方公里范围里的上千农户的房屋被拆迁，所有土地被征用，临安境内最平坦的一块土地被全部推倒重来，经平整后重新规划建设，动作之大，工作任务之艰巨远远超出常人的设想。中期从“科研机构创新基地”进而转变到科技城建设；后期横畈镇并入青山版图，扩大了科技城、开发区的地域范围，机关干部的工作量成倍增加，工作的复杂程度和艰辛外人无法想象。从某种程度上来说，青山经济开发区的建设成功与否，事关整个临安的发展。

从现实的进展来看，一开始以装备制造业繁荣为目的的开发区建设，转变成以科技引领发展的科技城建设；科研院所的引进、高等学府的引入、轻轨的开通、高铁的贯穿、旧城改造的推进等，一个全新的青山形象已经展现在人们眼前。可以预见，与杭州接轨后，未来的青山将朝着以城市化建设为标准，装备制造业完善，科研机构引领，高档次教育并存，水陆交通发达，人文环境更加和美的方向发展。

本书中图片除已注明拍摄者的，其余全部由笔者拍摄，版权归笔者所有，但青山的发展史不是靠某个人能够记录下来的，需要社会更多有识之士的参与和润色。在此，衷心希望读者能对本书中的不足之处多多包涵，并请提出宝贵意见和建议，不胜感激！

本书稿得到曾经在青山开发区建设中担任过主要领导职务的程爱兴、董德民、盛星辉，青山湖街道党工委书记陈熊滨的审阅，及全体班子成员传阅，再次一并感谢！

冯益民

2020年1月

图书在版编目（CIP）数据

满目青山．开发区建设篇 / 冯益民著．-- 北京：
九州出版社，2021.6
ISBN 978-7-5225-0037-9

Ⅰ．①满… Ⅱ．①冯… Ⅲ．①纪实文学－中国－当代
Ⅳ．①I25

中国版本图书馆CIP数据核字(2021)第119912号

满目青山——开发区建设篇

作　　者　冯益民　著
责任编辑　姬登杰
出版发行　九州出版社
地　　址　北京市西城区阜外大街甲35号（100037）
发行电话　（010）68992190/3/5/6
网　　址　www.jiuzhoupress.com
印　　刷　杭州万星印务有限公司
开　　本　787毫米×1092毫米　　16开
印　　张　12.25
字　　数　227千字
版　　次　2021年6月第1版
印　　次　2021年6月第1次印刷
书　　号　ISBN 978-7-5225-0037-9
定　　价　55.00元
